子寒之一

——温暖的记忆

赵彦青　著

吉林文史出版社
JILIN WENSHI CHUBANSHE

图书在版编目（CIP）数据

子寒之一：温暖的记忆 / 赵彦青著 . -- 长春：吉林文史出版社，2019.6（2023.1重印）

ISBN 978-7-5472-6328-0

Ⅰ . ①子… Ⅱ . ①赵… Ⅲ . ①自传体小说－中国－当代 Ⅳ . ①I247.5

中国版本图书馆 CIP 数据核字 (2019) 第 135852 号

子寒之一：温暖的记忆

ZIHAN ZHIYI：WENNUAN DE JIYI

著　　者：赵彦青
责任编辑：钟　杉　王　新
封面设计：四川悟阅文化传播有限公司
出版发行：吉林文史出版社有限责任公司
地　　址：长春市南关区福祉大路 5788 号　　邮编：130118
电　　话：0431-81629363（总编室）　　0431-81639372（发行科）
网　　址：www.jlws.com.cn
印　　刷：三河市嵩川印刷有限公司
经　　销：全国新华书店
开　　本：210mm×145mm　1/32
印　　张：8
字　　数：194 千字
版　　次：2020 年 1 月第 1 版　2023 年 1 月第 2 次印刷
定　　价：49.80 元
书　　号：ISBN 978-7-5472-6328-0

印装错误可与印刷厂联系退换。

谨以此书感谢我所遇到的那些善良、热情的人们，纪念我带有缺憾而又多彩的人生。

内容简介

本书讲述了子寒从出生到初中毕业的故事。

水泥"滑梯"会磨破裤子。藏在柴堆的"粮食"吓坏了老奶奶。知道小煤油灯是怎样制作的吗？用芝麻叶洗头是什么感觉？不一样的时代，不一样的童年。

十岁的子寒曾辍学，她把包饺子、蒸包子、烙合子当玩橡皮泥打发时光。小小年纪还学会了做棉衣、纳鞋底。她把自己的房间贴满亲手剪的蝴蝶……子寒感受着劳动带来的快乐。

子寒也想成为一个对社会有用的人，十二岁再次获得上学机会的她争取每门功课都成绩优异。即使是住在叔叔、婶子家的日子，她做饭、洗衣的同时依旧不耽误学习。

命运弄人，母亲得病，子寒中考失败。

生活中的确有"巧合"，丰富有趣的汉字凑巧构成和男生同音的名字子寒（子涵）。张子涵的订婚以及家庭的搬迁，使子寒放弃复读，离开了家乡，也带走了满满温暖的记忆。

目录 contents

女孩出生

那是 20 世纪 70 年代初一个寒冬的夜晚，在山东省夏津县一个民风淳朴的小村庄里，天空飘着雪花，寂静的深夜可以听见雪花落下"簌簌"的声响。厚厚的积雪勾勒出房屋、树木、柴垛的轮廓。

村庄里隐约可以看到有一户人家还亮着灯，在这亮灯的人家中刚刚出生了一个小女孩。小女孩被蓝底白色小碎花的小棉被包裹着躺在母亲的身边，眼睛还没睁开，哭声微弱。

一进屋门，右边灶膛上的大铁锅里开水还冒着热气。开水是为接生婴儿准备的，婴儿从母体娩出，需要简单快速用温水擦洗一下身上沾染的污物（羊水、污血等），温水是开水晾凉的，不加生水，因为生水里细菌较多。据说剪断脐带的剪刀也要用滚烫的开水消毒。

灶膛里的火尚未完全熄灭，连同锅里的开水一同散发着热量。屋门口挂着厚厚的深蓝色棉帘子，使屋里的热量不易散发出去，在屋里感觉比屋外暖和许多。

那家人屋里冲门口古老的黑色八仙桌上点着一盏煤油灯，一个剪着短发，大眼睛，体形丰满的四十岁左右的女人正蹲在一个白色搪瓷洗脸盆前洗手，她是来接生孩子的秦医生，在她旁边站着一个瓜子脸，脑后梳着发髻，中等身材，面目慈祥的五十多岁的妇人，那是小女孩的奶奶。

秦医生洗完手，熟练地收拾着医用药箱。她一边收拾一边嘱咐奶奶说："现在正处在'大寒'节气，又下这么大的雪。天冷，孩子太小，可把屋子烧暖和些。"

奶奶走到屋门口把棉门帘掀开一条缝看了看院里厚厚的积雪说："谁说不是。都说'下雪不冷化雪冷'，这雪一化，天还得更冷。一会儿我给她娘俩把炕烧热些。"

"不过已经'五九'了，'春打六九头'，很快也就立春了。也冷不了多长时间了！"秦医生说着收拾好了医用药箱，又关切地冲西里屋说，"宇堃，没事我就先走了，如果有什么事就去叫我。"

这时从西里屋走出一个眉目清秀、长得白白净净的二十出头的小伙儿，他是小女孩的父亲——周宇堃。他一边走一边笑着对秦医生说："辛苦您了，秦医生。天这么晚了，我送您回去吧。"

奶奶也急忙对父亲说："宇堃，去送送秦医生吧。天黑路滑的。"

秦医生没有拒绝，父亲戴上棉帽、背上医用药箱，去送秦医生了，脚踩在雪地上"咯吱咯吱"的声响渐渐远去，消失。

东里屋小女孩七十多岁的老奶奶和十九岁的叔叔因天冷又是半夜在被窝里没有起来。坐在东里屋炕边一直抽烟的爷爷也躺下休息了。

夜静悄悄的，屋外雪花依然飞舞着，屋内小女孩躺在妈妈身边睡着了。

奶奶去柴房端来一簸箕棉花叶撒进炕洞里。炕洞里早就点了柴，有底火。撒进两簸箕棉花叶后，奶奶用砖把炕洞门堵上，任棉花叶在炕洞里慢慢地自在地燃烧。

为了给母亲补充体力与营养，奶奶又去熬小米粥煮鸡蛋。奶奶把锅里放好适量的水、小米和洗干净的七八个鸡蛋后，重新把灶膛里的火点燃。棉花柴在灶膛里旺盛地燃烧，红色的火焰包围着整个锅底。大部分炊烟从烟囱排出屋外，屋里多少有炊烟缭绕，空气中有淡淡的柴香，那是一种温暖的味道。

没过多久，父亲送秦医生回来了，他在屋外拍了拍身上的雪，跺了跺脚上的雪，带着一身寒气进屋来。

柴火旺盛，锅里的水又不太多，奶奶煮的小米粥不一会儿就开锅了，还需用小火再熬一会儿。

父亲摘去棉帽朝奶奶熬粥的锅头走来，"娘，你去歇着吧，我来烧火。"

"不用，一会儿就熬好了。你去把红糖和碗拿来。"

屋外寒气袭人，屋内热气氤氲，散发出了小米粥的清香。

停火后，奶奶让小米粥在锅里焖了几分钟，然后掀开锅盖先把煮熟的鸡蛋捞到盆里，然后盛了一碗小米粥。小女孩的父亲接过盛好的小米粥往里面加了红糖，又把鸡蛋剥了壳端给母亲吃。母亲看上去不怎么高兴，可能因为生的是个女孩而不是男孩吧。

母亲史淑兰初中毕业，在当时农村也算有文化的女性。尤其史淑兰的父亲是 W 县一个公社的书记。史淑兰就是跟她的父亲在 W 县读完了初中。

母亲身材高挑，容貌端庄，就是思想有些守旧，不敢创新。比如在生男孩、女孩上，她就很在意。按风俗女孩不能做的事，她绝对不让做。而且母亲有事爱闷在心中，不爱说出来。

母亲在父亲的搀扶下坐起来穿上棉袄，吃了两个鸡蛋，喝了一碗红糖小米粥。然后一家人都又躺下休息了。

小女孩的出生使这个家四世同堂，小女孩有年轻的父亲、母亲，身体健康的爷爷、奶奶，还有七十多岁的老奶奶。另外小女孩还有叔叔和大姑。

小女孩家的经济状况在村里算是不错的。长得一表人才又有文化的父亲在生产队当会计。爷爷五十刚出头，管理生产队的菜园。叔叔十九岁，尚未成家，在生产队干活儿，也算一名壮劳力。大姑在十多年前被招工去了德州国棉厂上班，是一名正式的工人，当时的正式工，可是被视为有"铁饭碗"的人。大姑在工厂里结识了后来的姑父，便在德州安家了。

小女孩本来有三个姑，除了大姑还有一个二姑、一个三姑。据说二姑是三姐妹中最聪明、懂事的，生前已经能够背着弟弟（小女孩的父亲）玩了，可惜有一次玩耍时，不慎掉入井中，不幸身亡。三姑是在很小的时候因病去世的。

两个姑姑的去世在爷爷、奶奶、老奶奶心中留下一道抹不去的伤痕，对刚刚出世的小女孩显得格外疼爱。

天亮了，老奶奶起床后第一时间去看小女孩，摸摸她的小脸、小手，给她掖一下棉被，嘴里还轻声说着："这小丫头长大了不难看。"这家的爷爷、奶奶也没因为生的是女孩表现出不满，全家人在迎接一个新生命到来的喜悦中度过了寒冷的一天。

名字的由来

小女孩出生快一天了还没取好名字。晚饭后家人围坐在一起，商量给小女孩取个什么名字。

小女孩的叔叔周宇春侧卧在炕上，一言不发，其他人讨论着。

小女孩出生在飘雪的梅开季节，奶奶说要不叫"雪梅、冬梅"，老奶奶不认字，不喜欢那个"梅"字的读音，说是听上去像是"没了"的意思。

讨论了一会儿，没有定下适合的名字。奶奶见叔叔不说话，就问道："宇春，你怎么不说话？"

叔叔听见奶奶问他，看了看大家，瓮声瓮气地说："俺说了，你们能听吗？要是听，俺才说。"

叔叔和父亲虽然是亲兄弟，但是长相、性格却不同。父亲身高 1.75 米的样子，叔叔身高不足 1.7 米；父亲长得比较白净，叔叔风吹日晒，健康的劳动人民本色；父亲学习成绩优秀，叔叔却不爱上学，有时还逃学，跑到田地去玩，等到放学时他也背着书包回家；父亲在家中凡事忍让，委曲求全，从不跟爷爷吵架，高中毕业后在生产队当会计。叔叔有话藏不住，也敢和爷爷吵架，小学没毕业就不上学了，后来便在生产队帮着干活儿了。

听了叔叔的话，一向谦让的父亲为了表示尊重叔叔的意见，说："你说吧，我们听你的。"

叔叔一本正经地说："叫燕青吧，俺觉得《水浒传》里燕青的名字好听，叫燕青，行吗？"

叔叔的话音刚落，全家人愣了一下，相互看了看。

"燕青"那是《水浒传》中的一位梁山好汉的名字，是武艺超群的美男子。父亲也不知叔叔为什么给女孩取那个名字，是希望女孩长大后既漂亮又有男子气概吗？

父亲没有多问。因为有话在先：答应用叔叔给取的名字。所以小女孩便有了第一个名字"燕青"。

取好名字，奶奶去西里屋看孙女，她吃饱后正睡得香甜。奶奶告诉了小女孩的母亲刚才取名字的事。母亲也没反对小女孩叫"燕青"那个名字，只是笑了笑说："怎么取了这么个名字！"

从此家人都叫小女孩燕青。

报户口时，父亲总觉得小女孩叫燕青不妥，便为女孩取名周子寒。大概是为了记住小女孩出生在寒冬的节气吧。

于是小女孩便有了一个小名叫燕青，一个学名叫周子寒。上学后老师、同学都叫她子寒，我们也就称她子寒吧。

想盖新房子

母亲和奶奶、老奶奶相处得还算不错，只是对爷爷有些不满，尤其和外祖父相比就觉得爷爷更差些。

子寒的外祖父史玉荣是个穷苦孩子出身，十四五岁就给地主扛活，听说连合身的衣服都没有，只能穿些又肥又大的大人穿的衣服。外祖父个子比较高，身体比较瘦，衣服的长短还可以，就是比较肥些，冬天以防冷风吹进衣服，便把裤口、袖口扎起来穿。

外祖父在十六七岁的时候加入抗战的队伍，后来成为一名共产党员，正式加入解放军的队伍。

子寒出生的时候，外祖父任公社书记（相当于现在的乡镇书记）。外祖父一向尊老爱幼，也经常帮助身边比较穷苦的人。

爷爷和外祖父的生活经历不同，在爷爷五岁的时候，爷爷的父亲和同村的其他四人一起去"闯关东"，一去便再也没有回来，生死不知。

老奶奶便带着爷爷回到条件比较好的娘家居住。即使在动荡的年代，爷爷也没吃过多少苦头。

老奶奶身高 1.7 米左右，大眼睛，长方脸，她和大多数母亲一样对孩子十分疼爱。因为没有老爷爷在身边，老奶奶更加疼爱爷爷，有好吃的都留给爷爷一人吃，久而久之便成了习惯，有好吃的东西，爷爷从来都不知道让自己的母亲吃。

爷爷十五岁那年从他姥姥家回到周家，并且娶了一位大他四岁的漂亮媳妇，老奶奶也跟随爷爷回到周家。

当时爷爷十五岁，奶奶十九岁，婚后，由于奶奶比爷爷大四岁，奶奶还是把好吃的让给爷爷吃。

母亲结婚后，由于当时的物质还比较匮乏，家中好吃的依然让爷爷吃。比如：炖鱼了，让爷爷吃鱼肉，而其他人吃鱼汤炖的粉条；让爷爷吃金黄的香喷喷的玉米面的饼子，其他人吃地瓜。

地瓜是甜的，可天天吃、顿顿吃也会腻。子寒的父母就吃够了地瓜，说一辈子不吃地瓜都不想（吃地瓜）。

当时大面积种地瓜。秋季地瓜刚一刨出来，就先把一部分地瓜用搓板那样大小的带刀片的"擦子"擦成片，晾晒成地瓜干。冬季家家还都挖一个地窖子用来储存地瓜。

在严冬和初春家家户户几乎顿顿有地瓜吃。地瓜干一般放到来年春夏季碾成面蒸窝头、饼子吃。

爷爷只顾自己吃鱼肉，吃玉米饼子，老奶奶也是吃鱼汤，吃地瓜，爷爷从来也不知让老奶奶吃。老奶奶早已习惯并不介意，母亲就有些看不惯爷爷的行为。因为外祖父从来不自己单独吃好的，都是和家人一起吃，甚至还让着老的兼顾小的。

而且爷爷每天还喝酒，家中钱紧时也不能耽误爷爷喝酒。据说家中只有两毛钱了，爷爷也拿去买酒喝。爷爷还用家中晒干的地瓜干去换酒喝。在那物质匮乏的时代，母亲总觉得爷爷有些不好好过日子。

爷爷周金旺中等身材，瘦长脸，一口整齐的牙齿，薄嘴唇，腰背挺直。五十岁刚出头的爷爷是有些好吃，可并不懒做，他既管理过生产队的菜园，也喂过生产队的牲口，还有一手好瓦工活，附近谁家修房盖屋都请他去，只是当时不给钱只管吃喝。

母亲虽然对爷爷不满，但也没跟爷爷吵过架，心里便打算盖座新房搬出去单过。

时间不知不觉地流逝，春节已过，又快到元宵节了，小子寒也出生一个月了，比刚出生的时候白胖了些，又黑又大的眼睛，长长的睫毛，白皙的皮肤，挺招人喜爱的，就是脑门儿有些大。

按当地的习俗，孩子满月后要去姥姥家住几天，挪挪地方，换换新鲜空气，对大人、小孩身体都好。

正月十四，周宇堃把妻子史淑兰和女儿子寒送到子寒姥姥家去过满月，正好也去过元宵节。因为按当地习俗新媳妇婚后头三年要回娘家过元宵节，子寒的母亲结婚还不满三年。

子寒的姥姥个子不高，长得小巧清秀，身体灵活，也很能吃苦耐劳。平时外祖父很少在家，姥姥一边料理家务，一边去生产队干活儿，听说在生产队拾棉花还是最快的呢。

周宇堃把子寒娘俩送到子寒姥姥家，跟姥姥说了几句问候的话便回去了。子寒和母亲住下来。

第二天是元宵节，子寒的外祖父史玉荣从 W 县的某个公社回来过节了。W 县和夏津县是邻县，子寒出生的村庄在夏津县和 W 县的交界处，到 W 县城比到夏津县城的路程还要近，只有十二里的路程，外祖父回家来很方便。

外祖父瘦高的身材，目光炯炯，说话声音响亮而热情。外祖父是第一次见到子寒，当他看到子寒大而前凸的前额时，开玩笑地说："这大脑门儿，快赶上寿星的了！"

母亲没理会外祖父开玩笑的话，她把想盖房搬出去过的事告诉外祖父，并且说了爷爷爱喝酒，家中只剩两毛钱也拿去买酒，家中的地瓜干也用来换酒喝的事。

外祖父听后沉思片刻问："酒量大吗？"

"一次二两多，天天中午喝，有时晚上也喝。"母亲回答。

外祖父用平和的语气对母亲说："他喝酒已经成习惯了，戒酒不容易，反正量也不算大，喝就喝吧……盖新房搬出去过可以，先攒点钱，想盖就盖吧。她（子寒）叔叔娶媳妇也需要房子。"

外祖父从来不以自己的身份干涉爷爷的事，而且因为爷爷的年龄长于外祖父，逢年过节的时候，外祖父还会送给爷爷一瓶白酒，只是提醒爷爷别喝太多，酒喝太多会伤身体。从爷爷的表情也可以看出他对外祖父也是从内心佩服。他们的关系一直不错。

当周金旺听说儿子、儿媳想盖房搬出去过的事后，他也表示赞成、支持，因为盖新房本来就是件高兴的事，而且那样就能空出房子来给小儿子周宇春娶媳妇用。

于是盖新房便成了全家人的事，而搬出去过也成为母亲生活的新目标。

晴空霹雳

秋天，当玉米槌子堆满子寒奶奶家的庭院的时候，八个多月大的子寒已经能稳稳地坐着了。

一个晴天的上午，空气凉爽湿润，母亲在玉米槌堆上铺了一块儿洗得褪去颜色的旧棉布，让子寒坐在上面，自己在一边扒玉米包。老奶奶从屋里出来了，看到子寒坐在玉米槌堆上，立刻嗔怪母亲说："怎么能让孩子坐在棒子堆上，那上面多凉，孩子会闹肚子的。"老奶奶说着就要去抱子寒，母亲见状急忙把子寒抱起来，怕子寒重老奶奶抱不动。

因为有奶奶、老奶奶，子寒在关爱中成长着。

转眼秋去冬来，十一个月大的子寒能蹒跚走路了，大脑门儿也变小了些，长得让人更加喜爱。奶奶高兴地说："等过了年，脱掉棉衣，俺孙女就会跑了。"

第二年春回大地时，到处充满了生机。田野里麦苗一片新绿，一望无际。村头、村中池塘边的杨树、柳树、槐树，农家小院内的榆树以及枣树、石榴树等枝条都在变软，有的已冒出嫩芽来。经历了萧瑟、寒冷的冬天，春天的温暖、绿色生机给人们带来欣喜与希望。

真的像奶奶说的那样，随着天气转暖，脱掉棉衣的小子寒走路越来越稳了。这时，母亲怀了第二个孩子，有三四个月了。

当时盖房只需准备盖房用的饭菜、烟酒钱，不用付工钱，当时乡亲、邻里帮忙盖房不要钱。打坏用的土也不用花钱，父亲和叔叔正值青壮年，闲着没事自己就能打土坏，只需买檩条、瓦等。父亲的工资加上全家人的收入，准备秋后便盖新房。

到了夏天，子寒能轻盈地走路，稳步疾行了。外祖父也没有忘记子寒这个外孙女，一次外出开会给子寒买回一双精致的小凉鞋。

一次大雨过后，天空还飘着零星小雨，一周岁半的子寒穿着外祖父给买的小凉鞋，在雨后的水中肆意地嬉戏，故意踩得水花飞溅，子寒发出天真、稚嫩的欢笑声。

家人看子寒玩得开心，凉鞋也不怕被水弄湿，又正值暑天，就任由子寒玩耍。没想到，晚上睡觉时，子寒有些流鼻涕，好像着凉了。家人以为子寒睡上一觉就没事了，也没当回事。可第二天早上，子寒发烧了，浑身滚烫。

这时母亲已怀孕七个多月了，抱子寒不方便，奶奶抱着子寒，母亲跟在后面急忙向医院走去。

子寒家住的村子是相当于现在乡镇政府所在地，医院离子寒家不远。

奶奶抱着子寒走过一段还有雨后积水的胡同来到医院，值班的是任医生。任医生是一个四十多岁的男医生，从医多年了，在乡亲们中的口碑也不错。他沉稳地给子寒量过体温后，说："孩子烧得挺厉害，我先给她打上退烧针，然后再给拿些感冒药回家吃吧。"

奶奶和母亲点头同意。

事也凑巧，任医生正准备给子寒打针的时候，从门外闯进来了一个砸伤脚的老乡，脚正流着血。任医生匆忙给子寒打完针，便去处理老乡的伤脚。小子寒则在针扎下的那一刻放声大哭，打完针还在不停地哭闹。

拿了药回到家，小子寒的右腿不肯落地走路了，还不停地哭。针是在右臀部打的，奶奶和母亲都以为刚打完针，疼痛还没过去，小子寒才哭闹，腿也不敢落地，也就没太在意。

到了下午，子寒依旧一瘸一瘸地走路。父亲周宇堃下班后，觉得子寒那样走路有些不合乎常理，一般打针回来过一会儿就没事了，怎么子寒打完针都快一整个白天了，还那样走路？于是父亲就抱着子寒去找给打针的任医生问个究竟。

父亲找到任医生的时候，他正在给病人看病。父亲问他："任医生，你看看孩子打过针的这条腿怎么走路好像不敢用力了呢？"

任医生看了看子寒上午打针的屁股，笑着说："可能打针的地方有些疼痛，这小丫头娇气，回家拿热毛巾敷一敷，应该就没事了。"

父亲觉得医生说的也有些道理，就抱着子寒回家了。

按照医生的说法，奶奶给子寒做了热敷，两三天下来，子寒的腿还是不能正常走路。

父亲又去请教在同村后街住的他的姑父——爷爷的叔伯妹夫。父亲的姑父四十多岁，也是一个乡村医生。他看了看子寒右臀打过针的地方，又仔细观察了子寒走路的样子，眉头紧锁摇摇头说："不像是针眼发炎，孩子才这么走路的，去大医院看看吧。"

父亲借来生产队的驴拉车，母亲不顾怀孕身体笨重和父亲一起去了县医院，经检查，医生说：子寒得的是"脊髓灰质炎"，也就是俗称的"小儿麻痹症"，这种病可防而不可治。

父亲不相信那种诊断，又带子寒去德州的医院做检查。结果确诊还是"脊髓灰质炎"。

这样的结果对家人来说犹如晴空霹雳，这意味着子寒将终身残疾。而对于这些，幼小的子寒什么也不知道。

子寒的爷爷、奶奶、父亲、母亲都想不通：打针前一天还穿着小凉鞋欢快地跑，然后发烧、打针就不能正常走路了，怎么就得了"脊髓灰质炎"？世上竟有那么巧的事？

没有人证明是打针所致，再说就算知道是打针所致，又能怎样？子寒的腿能好吗？平时任医生和子寒家相处得也不错，事情就那样过去了。

给子寒打针的任医生在子寒的腿残后不久，便离开了那个医院去了别处。

子寒残了一条腿，给家人的心蒙上一层抹不去的阴影。

期盼着奇迹出现

大医院劝说父母放弃对子寒的治疗，说那种病是治不好的。父亲、母亲还是不愿接受那种事实，只要听说哪里有能治好女儿病的医生都去求医，期盼着奇迹的出现。

子寒腿残那年，雨水很大，到处沟满河平，猪圈的积水中都能捉到鱼。子寒姥姥家住的村离子寒家只有三里路程，如果刚下过雨，母亲想去姥姥家都去不了，到处满是积水。

外祖父听说在 W 县有一个叫马家湾的地方有一个医生医术精湛，或许能治好子寒的病。只是马家湾离得较远，有二三十里的路程，步行去需要很长时间。当父亲从外祖父那里听说了这个消息，不畏路途远、路难走也决定去求医。

母亲身体不便，不能去。父亲的一个小叔主动陪父亲一起去，那个小叔和父亲同岁，只是父亲辈分小。那次还多亏了有他陪父亲同去，回来的路上又下起了大雨，前不着村，后不着店，避雨的地方都没有。父亲紧紧抱着子寒，父亲的小叔帮着打伞（当时那把黄色的雨伞还是当公社书记的外祖父给的）。雨又急又大，水深的地方都到了膝盖，父亲和他的小叔在雨水中小心、艰难地行走着，好不容易才回到家中。

那个医生开的药方并没有治好子寒的腿，父亲和他的小叔白白

15

辛苦一趟。

当大人们忧心如焚、不畏艰辛为子寒四处求医问药的同时，小子寒也在接受着各种治疗：西药、中药，还有针灸。

有一次针灸时，小子寒看见长长的银针就是不让扎，哇哇大哭，使劲挣扎着，父亲一把没抓住，小子寒从床上掉到地上。一旁其他看病的人都忍不住心疼小子寒。有个也去看病的老太太说："这孩子长得太好看了，不留残，活不了，别治了。"

那次因为离家近，母亲也去了，她听了老太太的话又恼又气，反驳老太太说："世上好看的人多了，为什么偏偏是俺的孩子要成为残疾才能活？"

老太太叹了口气说："唉，这是天意。"

母亲无奈地瞪了老太太一眼。老太太的表情也流露出无奈、同情，她不是有意说难听的话伤人，只是她比较信命吧。

为了治好子寒的腿，父亲、母亲什么方法都愿去试，有一定文化、年轻的父母也开始迷信了。他们请人看宅子。

看宅子的人说：家中西头那间房子的窗户需要改成门，就请人来把窗户改成门。

窗改成门后，子寒的腿还不好，父母就又烧香、磕头拜神。

母亲在那时精神好像受了刺激，她说晚上看见门后似乎有个黑怪物。让人听了身上直冒冷气。

当时农村还没用上电，晚上点煤油灯，屋里的角落便黑黝黝的，母亲由于心理作用，难免出现错觉。

准备盖房的钱花完了，母亲又快临产，试了各种方法，子寒的腿也不见好转，奇迹也没出现，家人便放下了对子寒的治疗。

无忧成长

子寒的腿残了两个月后，母亲生下第二个孩子，子寒有了一个比自己小一年零八个月的妹妹，由于二妹出生在秋天，父亲给她取名子秋。

一年多后，父亲、母亲盖了三间砖硬皮（土坯房外挂了一层砖）的房子，搬了出去。二妹子秋和父母一起搬到新房去住，子寒留在了奶奶家。

搬进新房后不久，母亲生下第三个孩子，还是一个女儿，三妹也出生在秋天，二妹叫子秋，三妹便叫子香了。

又两年后，母亲生下第四个孩子，子寒有了三个妹妹。四妹出生在夏天，取名子夏。

父母照顾三个妹妹，也就顾不上子寒了，子寒一直住在奶奶家，由奶奶照料。

奶奶几乎每晚都给子寒"按摩"那条残腿，还又抻又拽的，用手抓住脚抻腿，用手指捏住脚趾轻轻抻拽。奶奶的做法或许起了一定的作用，子寒的那条残腿和那条正常的腿长得差不多，只是走路一歪一歪的。

小子寒还不知道自己是残疾人，她和别的孩子一样无忧地成长着。只是有一次，奶奶带子寒去赶集，有个不相识的老太太指着子寒问奶奶："小闺女长得这么好看，腿是怎么了？"

奶奶叹口气说："唉！小的时候感冒发烧，打针打的。"（在奶奶心中就是因为打针才成那样的）

"长得这么好的孩子！真是可惜了！"

奶奶不愿再往下说，领着子寒走开了。小子寒从大人们的谈话中也感觉到了自己和别人走路不一样，可没人提及很快也就忘记了。

子寒的腿残了，那是家人们心中无法痊愈的一块儿伤疤，偶然听说或许有大夫能治好子寒的腿，父亲便不惜花钱、不惧路远去求医，渴望、祈盼子寒的腿能好。

在子寒快五岁的那年冬天，奶奶不知听谁说用黄酒服一种中药丸或许能治好子寒的腿。奶奶便把那个消息告诉父亲。父亲听说后，骑上家里的大金鹿自行车，带上钱一大早就从家出发去那个奶奶所说的陌生的地方去买药，一直到天黑才回来，带回一大包药丸和两瓶黄酒。

父亲小心地从黑色提包里掏出药丸和两瓶黄酒轻轻地放在桌子上。

奶奶轻声说："买来了！"语气中带着喜悦与期待。

父亲和奶奶对药丸和黄酒还是寄予很大的希望的，那或许能治好子寒的腿，使幼年的子寒不再是残疾人，那将关系到她一生命运与幸福。

他们渴望子寒的腿能被治好，却也更在乎子寒吃药后的副作用。在子寒吃药前，奶奶熬了绿豆汤。因为卖药的人说："药有毒性，孩子小，别中毒，药少吃些，提前也准备些绿豆汤，以用来解毒。"奶奶提前熬好了绿豆汤装进茶壶里，担心绿豆汤凉得过快，还用干净的毛巾包在茶壶外。

晚饭后，父亲和奶奶谨慎地让子寒用黄酒服下了药丸。吃下药去，过了一大会儿，看子寒没什么不好的反应，奶奶就让父亲回去休息了。

睡觉前，奶奶再次问子寒："燕青，吃药后，觉得哪里不得劲了吗？"子寒依旧摇摇头。

子寒睡着了，奶奶却不敢睡，她不时用手去摸子寒的额头、手臂。

半夜，奶奶摸到子寒身体烫手，头也很热，有些害怕了，她担心子寒是因为吃药而引起的发烧，急忙叫醒子寒。子寒自己也觉得口干舌燥，把奶奶递来的爽口的绿豆汤一饮而尽。

子寒喝了绿豆汤再次睡着了。奶奶依然不敢睡，点着煤油灯看护着子寒。

不知过了多久，子寒的额头冒出汗水来。奶奶用毛巾轻轻拭去汗水，用手轻摸子寒的额头，额头凉凉的。奶奶又用手试了试子寒的鼻息，鼻息均匀，子寒睡得很香。奶奶才放心地躺下休息。

第二天早上子寒还没起床，父亲就来了。他一进门就迫不及待地问奶奶："娘，昨晚燕青怎么样？"

奶奶有所顾虑地说："半夜孩子发烧了，俺给她喝了绿豆汤，现在还睡着呢。"

"哦……"父亲听后没说什么，大概心里也是失望的吧。

"以俺看，剩下的药别吃了！万一孩子吃了再有个什么不好，还不如不吃。"奶奶说。

父亲也语气肯定地说："剩下的药不吃了。"

子寒已经醒了，她听到了奶奶和父亲的谈话，睁开蒙眬的睡眼，没有说话。她还记得半夜奶奶匆忙、惊慌把她叫醒喝绿豆汤的事。

那次父亲跑了一整天买回来的药白白被扔掉了。那两瓶黄酒却放了两年才舍得扔掉。

奶奶对子寒关心、照顾。爷爷也很宠爱子寒。

大姑家的大表哥和小表哥放暑假的时候会来姥姥家住。子寒会和比她大三岁的虎头虎脑小表哥争抢吃的、玩的。

小表哥喜欢吃玉米饼子上的酥脆嘎渣。奶奶一次会揭下好几个饼子上的嘎渣给小表哥吃。子寒也会要，奶奶给她一个都不行，得和小表哥的一样多，给少了就哭。

这时，奶奶会生气地说："你又吃不了那么多，要好几个干吗？"

爷爷听到了，会笑着说："不行，俺孙女不能少。"

奶奶只好给子寒再揭几个。一锅饼子上的嘎渣几乎都被揭下来。

就连奶奶给小表哥去医院买感冒药，子寒跟去了也得要一份（药片），弄得奶奶很是生气。奶奶不给子寒买药，小子寒就哭闹着不走，医生听了笑着说："你这小胖丫头，吃什么药？要不给你拿几片食母生（消食片）吧。"医生的办法很管用，拿了食母生，子寒跟奶奶回家了。

那时的子寒真的是不懂事、不讲理，上学后从书中学到了做人的道理，便不再那样了。

大表哥话语不多，学习是班里的佼佼者。他比子寒大九岁，很有大哥哥的样子。他不会跟子寒争抢东西，还会和子寒玩。

夏天的傍晚，奶奶把院子打扫干净，一会儿要在院子里吃晚饭。子寒一个人在院子里玩，大表哥从子寒背后把子寒抱起来，然后原地不停地转圈，直到头晕得不能再转才停下。大表哥倚在屋门上不敢动了，子寒也头晕得站不稳，一头趴到爷爷吃饭坐的圈椅上不动了，奶奶被逗得笑起来。

大表哥还会给子寒讲故事。晚饭后，子寒趴在炕上听大表哥讲《西游记》里的故事。大表哥讲了一段时间，看子寒趴着不动也不说话，以为她睡着了，站起来刚想离开，就听子寒说："怎么不讲了？"大表哥一愣，回头看了子寒一眼笑了，说："我以为你睡着了！你还没睡着啊？"大表哥便接着讲故事。

子寒是有福气的，有奶奶、爷爷的照料、疼爱，她无忧地生长着，甚至被爷爷、奶奶宠得有些任性、刁蛮。

童年趣事

当时，子寒的家乡没有幼儿园，孩子一般到了9虚岁才去上学，因为在子寒的家乡有这样的说法：8虚岁上学的孩子长大了爱巴结人。在上学前孩子们会和周围的小伙伴一起玩。

子寒还不懂自己是残疾人意味着什么。周围邻居家的小伙伴似乎也都不嫌弃她，大概是因为平时大人们相处不错，而子寒本身也长得好看、可爱吧。

子寒和小伙伴们一起快乐地游戏、玩耍。有时孩子们会因无知做出可笑的事，有时因游戏还能引来大人们一场虚惊。那是那个时代所独有的童年趣事。

水泥"滑梯"

春天的一天，阳光明媚，鸟儿欢唱，母亲却大发脾气，原因是二妹子秋在水泥"滑梯"上磨破了裤子。要不是里面还穿着夹裤，屁股都露出来了。

子秋比子寒只小一年多，她不仅长得漂亮，而且从小爱美，穿上新买的裤子，把双手插进裤兜扭着屁股走路，好像这世上就她最美。

一天，子秋穿着新裤子和她的玩伴巧云去村边玩，看到了新修好的水泥"滑梯"。

　　其实那不是滑梯，是用砖、沙子、水泥修成用来排水的设施。"滑梯"修在池塘的入水口处，是为了防止下大雨时流入池塘的水流冲坏池塘边上的道路的。由于修成斜坡状，两侧还砌了一尺多高的矮墙，看上去很像滑梯的样子。当地人称"滑梯"为"阴沟"，是流水道的意思。子寒当时总觉得大人们说的应是"引沟"两个字，她的理解是"滑梯"是用来引水入沟的。

　　子秋和巧云看到"滑梯"后，觉得好玩，便坐在上面从上往下滑，滑下去一次还不过瘾，跑上来再滑第二次、第三次，裤子便被磨破了。当巧云发现子秋的裤子的屁股部位磨出了洞时，子秋看到巧云的裤子也磨出了洞。两个人用手捂着屁股回到家中。

　　新裤子就磨出了洞，当时买件新衣服不容易，母亲难免大发脾气。

　　当母亲生气地把子秋磨坏裤子的事告诉奶奶的时候，子寒听到了，出于好奇，子寒和邻居家的玲玲也跑去看"滑梯"了。

　　有了子秋和巧云的教训，子寒和玲玲不敢坐着滑下去，可两人还是想试着滑下去，要不有些不甘心。

　　两人想出了蹲着滑下去的方法：鞋底比较厚，应不会被磨穿。"滑梯"的坡度较陡两人小心蹲上去，胳膊搭在一侧的矮墙上，很快滑了下去。

　　滑下去后，子寒发现布鞋底的边上飞起了毛，脱下鞋一看，鞋底最外面一层布有的地方磨破了，搭在矮墙上的胳膊的衣袖被磨白了一道痕，幸好还没磨破。她们见识了"滑梯"的厉害，不敢再滑。

23

小鱼死了

夏天，子寒也做了一件长大了想想便会啼笑皆非的事。

奶奶家的水缸中养了一条红色的鲫鱼，大约有20厘米那么长，在水缸中生活了两三年了。

无聊的时候子寒会给它喂食，还同鲫鱼说话。那条鲫鱼有时浮在水面翘着头看着子寒，它好像和子寒认识似的。

在那个夏天那条鲫鱼不知为什么死了，子寒还为此难过了几天。奶奶说以后再捉条鱼放进水缸里养着，鱼还能吃掉水缸里的小虫子。

这天，子寒和玲玲去村边田地玩，偶然看到在浇水的水沟中存有一洼水，水里居然有一条身上有黑斑点的小鱼。

小鱼可能也知道自己被困在了水洼，沉在水底一动不动。等子寒和玲玲靠近的时候它仿佛感觉到了危险，在水里仓皇逃窜，却无处可逃。水太浅鱼的身体搅起了水底的软泥，水变得有些浑浊了。

子寒想捉住小鱼拿回家养在水缸里。

于是两个人在水沟边捡了一个褐色的小玻璃瓶，洗干净，装上水，打算装捉到的小鱼。

为了捉到小鱼，子寒和玲玲不顾鞋上沾满了泥巴，在水坑里你堵我截地捕捉着。小鱼终于被捉到了，可玻璃瓶太小了，整条鱼放不进去。子寒和玲玲都认为鱼能喝到水就不会死，两个人就把鱼的头装进瓶里，尾巴露在外面，还怕鱼窜出来，用手紧紧按住鱼。

等玲玲和子寒兴冲冲回到家高兴地把小鱼放进洗脸盆的水里时，看到小鱼已经死了，躺在水里一动不动。

奶奶告诉子寒鱼不仅要在水里，还需要喘气，瓶子太小鱼在瓶子里不能顺畅地呼吸就被憋死了。奶奶又看了看小瓶子里的浑浊的水说："这水也忒脏了，能不把鱼呛死吗！"

子寒看着死掉的小鱼有些难过。早知如此，就回家来拿个较大的罐头瓶装上干净的水去捉小鱼了！

从此奶奶家的水缸里没再养过鱼，那条红色鲫鱼的样子清晰地印在子寒的脑海，而小时候因无知做出的傻事想来令人啼笑皆非。

那是土

秋收过后，院里院外堆放着一堆一垛的棉花柴、玉米秆。子寒和小伙伴们一起玩"敌人进村抢粮食"的游戏，那是从村子里放映的电影上看到学来的。有的小朋友模仿敌人，有的小朋友则扮演百姓。

用长方形的塑料袋装上土当粮食，藏在棉花柴垛里、玉米秆堆里。那些藏起来的"粮食"有的会被"敌人"找到；有的"敌人"找不到，不玩了，有的"粮食"就留在了柴堆里。

一天吃午饭的时候，老奶奶神秘地小声对爷爷说："金旺，在棒子秸（玉米秸）堆底下有两个塑料袋，里面装得满满的，不知是什么东西。"老奶奶经历了战争、动乱的年代，因此胆小怕事。

老奶奶的声音虽然小，子寒的小耳朵却听到了，心想：不会是我们藏的"粮食"吧？

爷爷听后一脸的疑惑，放下筷子，出去看看玉米秆堆底下到底放了些什么。

爷爷掀开玉米秆，里面露出两袋"粮食"，仿佛那是两袋炸药，爷爷小心翼翼看着不敢动，纳闷地自言自语："这是什么呀？"

子寒也跟出去，看到果然是和伙伴游戏时藏的"粮食"，不由大笑起来："哈哈，哈哈……"奶奶听到子寒的笑声也出来了，爷爷看着大笑不止的子寒好像明白了什么，问子寒："你知道这里面是什么？"

子寒强忍住笑说："那里面是土，我们玩的时候用来当粮食的。"

听了子寒的话，刚才紧张的气氛变得平和了。爷爷笑着说："俺说呢！能有什么，原来是你们小孩子弄的土！"

奶奶知道了真相，急忙回屋告诉老奶奶："别害怕了，那是小燕青她们玩的时候装的土。"老奶奶听后，放心地笑了。随后老奶奶像是责备地笑着说："现在的小丫头都玩疯了，真该好好管管！"

不让吃饭了

夏天的一个傍晚，爷爷从田地干活儿回来拿回一只知了爬（知了猴），奶奶当时就把知了爬扔进正在燃烧着柴火的灶膛里烤熟了给子寒吃。

子寒是第一次吃烤知了爬，看着那个被烧得黑乎乎的东西，不知从哪里下口。奶奶看子寒不吃，就鼓励说："吃吧，挺香的，吃了它（知了爬）的眼睛，你的眼睛还会变得更亮呢！"

子寒相信奶奶的话，试着吃了那个被柴火烤熟的知了爬，的确有一种特殊的香味，十分美味。在那个没有火腿肠、没有炸鸡的农村，知了爬算是大自然馈赠的美味珍馐了。

第二天子寒和奶奶去池塘边洗衣服，看到池塘边的大树下有枣儿大小圆圆的小洞，奶奶告诉她那就是知了爬的洞。夏天每天快天黑的时候知了爬便从洞里爬出来，爬到大树上蜕变成知了。

对于一个几岁的孩子来说一切没经历过的事都是新鲜好玩的。子寒听了奶奶的话便有了傍晚要亲自捉知了爬的想法。

火炉一般的太阳终于西下落到了地平线上，池塘边树木茂盛，有阵阵微风吹过，感觉比中午凉爽了许多，子寒看到玲玲和她姐姐也去池塘边找知了爬了，玲玲还拿了一把小铁铲，说是挖知了爬用的。子寒在家没找到小铁铲，奶奶给她一把小铁勺，她也跑到池塘边的大树下寻找知了爬。

子寒发现玲玲的姐姐看见一个蚂蚁洞那样大小的圆洞口，便用手指轻轻去抠。她告诉子寒如果洞口轻轻一抠就变大了，一般里面就会看到知了爬。怎么抠都不变大的，就不是知了爬的洞。

子寒学着玲玲姐姐的样子看到小洞就用手指去抠，可是很失望，一连扣了好几个小洞都没变大。

玲玲的姐姐说：有知了爬的小洞口看上去比较薄。知了爬自己正在下面刨开最后一层土准备出来呢。

子寒听了接着找，终于有一个小洞轻轻一抠变大了，也看到了洞里的知了爬，子寒用手指去捏知了爬，知了爬本能地用前螯去抓手指。知了爬的前螯上有刺，子寒的手指被刺了一下，但还是把它从洞里捏出来了。

玲玲和她姐姐除了带着小铁铲还带了罐头瓶放知了爬用。子寒没带罐头瓶就把捉到的知了爬抓在小手里，跟着小伙伴继续找知了爬。

天不知不觉变得昏暗了，奶奶不放心子寒一个人在池塘边找知了爬，出来找她了。子寒才找到一个知了爬，本不想和奶奶回去，可知了爬在小手里乱挠，她就跟奶奶回家了，准备明天也拿个罐头瓶放捉住的知了爬。

奶奶像昨天一样把那个知了爬用柴火烤熟了让子寒吃了。

第二天，子寒去玲玲家玩，看到玲玲和她姐姐捉到的知了爬都腌在一个盛有水的大碗里。玲玲姐姐说碗里的水放了盐，把知了爬腌在里面两三天不会坏了（变质），积攒多了用油炸腌咸的知了爬，全家人一起吃。

爷爷、奶奶平时一向疼爱子寒，就连爷爷有好吃的也甘心让给子寒吃。吃烤知了爬的时候子寒也只顾自己吃，没想到让奶奶、爷爷吃。

听了玲玲姐姐的话，小子寒觉得以后自己找到知了爬也应该积攒多了和家人一起吃。

又到傍晚了，子寒也准备好了罐头瓶，和玲玲姐妹一起去捉知了爬。奶奶再三叮咛："小心别滑到池塘里，早点回来别等到天黑了。"

"嗯！"子寒随便答应一声就走了。

夜色渐浓，子寒找到了三四只知了爬，而玲玲的罐头瓶里已经有八九只了。玲玲的姐姐还在树上摘了一只知了爬呢。子寒希望自己也能多捉几只，好同家人分着吃。

子寒树上树下认真地寻找着，终于又抠大了一个小洞，并且看到里面有知了爬。可是那个知了爬却很警觉、也很狡猾，用手指轻抠洞口的时候，落下的土惊动了它，它立刻向洞里退缩，然后缩着不动了。用小树枝做诱饵，试图让知了爬抓住小树枝，趁机提起小树枝把它带出洞来，可知了爬就是不肯上当。子寒只好用事前准备好的小铁勺在知了爬洞的一侧挖起土来。几天没下雨了土地较硬，为了能得到那个知了爬，子寒还是不惜卖力地挖。

一般知了爬是往洞里缩不了多少的，奇怪的是那个知了爬居然不断往洞里缩，虽然子寒用中指能触摸到它，可就是取不出来。夜幕降临了，玲玲和她姐姐都对子寒说："天黑了，别挖了！明天早上过来看看吧，或许在附近的树上能找到它。"

子寒有些不舍，但还是和玲玲姐妹一起回家了。

等玲玲和她姐姐走进她们家的院子后，小子寒不甘心，独自一人又回到池塘边去挖那个没取出的知了爬，她一心一意地挖知了爬，把奶奶嘱托她早点回家的话全然忘记了。

天黑下来了，奶奶看子寒还没回家，就跑到池塘边去找，可是没看到子寒的人影，也没看到有其他的孩子，奶奶就去玲玲家找。玲玲说子寒回家了。奶奶回到家却还是没看到子寒，有些害怕了。子寒能去哪里呢？不会出意外吧？

奶奶焦急地又去玲玲家确认："玲玲，燕青真的回家了吗？"

"是啊，我们一起回来的。她没回家吗？"

"家里没有啊！"

玲玲的母亲也有些担心了："这孩子没回家能去哪里呢？会不会去她娘那边了？"

"不可能呀，她不怎么去那边，要去也该跟我说呀。"奶奶摇摇头。

玲玲的姐姐突然想起了什么，说："她是不是又回去挖知了爬了？"

"又回去挖知了爬了？"奶奶有些疑惑地问。

"她找到一个知了爬还没挖出来呢，天黑了，我们就回来了。她会不会又回去挖了？"玲玲的姐姐说。

"在哪？我们去看看吧。"奶奶焦虑的眼神中又看到了希望。

这时子寒的爷爷不放心也出来找子寒了。奶奶裹了小脚走不快，爷爷急匆匆地跟玲玲的姐姐去了子寒挖知了爬的地方。

子寒果然还在那里挖土呢。爷爷找到她的时候，她也挖出了那个知了爬。

回到家，爷爷生气地把装有知了爬的罐头瓶摔在桌子上，看也不看里面的知了爬，对子寒呵斥道："你奶奶让你早回来你忘了吗？知道大人有多着急吗？回来晚了就别吃饭了，饿你一次就记住了。"

子寒害怕、迷惑地站在饭桌前，看着爷爷，不知自己错在哪儿，惹爷爷发火。

奶奶语气平缓地说："以后不能回来晚了，天黑不小心滑到池塘的水里就上不来了，池塘里有'淹死鬼'会吃小孩。还有，如果万一晚上遇上坏人也不得了，会把你偷走就再也回不来了。"

子寒听了奶奶的话，她也明白爷爷为什么发火了——是担心自己的安全。子寒向爷爷、奶奶保证以后不再回来晚了，不会再让他们担心了，并说出这次是为了多找到一个知了爬分给家人吃才回来晚的。

爷爷听了子寒的话，气消了大半，让奶奶把煮好的鸡蛋给子寒吃，那是奶奶特意煮给子寒的，家里的其他人是没有的，包括爷爷。

那次之后，子寒去捉知了爬再也没有回家晚过。

再次被警告

一天早饭后，子寒独自跑到大门口玩，一出门她就看到邻居家的小英姑挎着布口袋，拿着镰刀正往村口走。子寒急忙问："小英姑，你干吗去？"

小英姑比子寒大两三岁，扎着两条小辫子，个头不算高，也不胖，长得很秀气。小英姑听到子寒问她话，停下来说："我去拔草。"

"拔草？"

"嗯，拔草送给生产队喂牛，是能挣工分的。"

原来拔草也可以挣工分！奶奶不是经常说爷爷去生产队干活儿是去挣工分吗？那我也去拔草送给生产队，我也就能挣工分了吗？

子寒心里想着，急忙对小英姑说："小英姑，等一会儿，我也去。"子寒匆忙回到家，看见院子里的石榴树旁有一个布口袋，来不及告诉奶奶，拿上布口袋就和小英姑去拔草了。

小英姑带子寒来到村边的一块儿郁郁葱葱的玉米地边。小英姑说："棉花地里打农药了，我娘说这块玉米地没打药，咱在这里拔草，牛吃了咱刚拔的草就不会中毒。"

子寒佩服小英姑知道那些，顺从地和小英姑一起进入一人多高的玉米地里开始拔草。

子寒
之一 ——温暖的记忆

玉米地里的草不是很多，这里一两棵，那里两三棵。小英姑轻快地在玉米地里穿梭。子寒不如小英姑走得快，还差点被一棵玉米绊倒，子寒没在意走路的磕绊，提着布口袋接着找草、拔草。

早上刚去的时候，玉米叶和青草上还有晶莹的露珠，露珠滑落到身上、手上感觉十分凉爽。金灿灿的阳光洒进玉米地，气温渐渐升高，露珠不见了，子寒和小英姑的额头都冒出了汗珠。

伴随着一棵棵蔓子草、香香草、猪秧草被装进口袋，口袋变得越来越重。小英姑说背着口袋太累，把口袋放到玉米地边的水垄沟上，丢不了的。子寒照做。

拔着拔着草，子寒被一棵顶端开着漂亮的白色小花的较高大的植物吸引，顶端的小花朵像一颗颗白色的小星星，下面分枝的绿叶下还长了不少比豆粒大些的绿色的圆圆的小果子。子寒急忙叫小英姑："小英姑，你看！这是什么草？"

小英姑走过来用手摸着绿色的圆圆的小小的果子说："这叫野茄子（龙葵），等果子熟了的时候就变成像茄子一样的黑紫色了，酸酸甜甜的可以吃。"

子寒好奇地听小英姑说着，心里更加佩服小英姑：她知道的可真多！

小英姑又说："现在果子还没熟，不能吃，就让它在这里长着吧，过些日子，等它们熟了，我们再来摘（果子吃）。"

子寒和小英姑又去拔草了。

小英姑一边拔草还一边顺便捉了几只黄绿色的蚂蚱，然后用青草把蚂蚱捆起来放在垄沟上盛草的口袋旁。小英姑说蚂蚱可以拿回家喂鸡。

子寒也捉了一只蚂蚱，学着小英姑的样子用草把它绑起来，准备也拿回家喂鸡。

快中午的时候，子寒和小英姑背着自己拔的草送到生产队喂牛的地方去。

喂牛的德岭大爷看到子寒去送喂牛的草，有些惊讶，问："你这么小，谁让你去拔草的？"

子寒用手背摸了一下额头的汗水爽快地说："没人让去，自己想去的。"

"你家大人不知道你去拔草吗？"德岭大爷又问子寒。

子寒摇摇头："不知道。"

"小燕沉，你去拔草了？"德岭大爷年轻的儿子挑着一担水来了，他嬉笑着问子寒。

"我叫燕青（轻），居然叫我燕沉！不理你。"子寒瞟了一眼德岭大爷的儿子没说话。

德岭大爷的儿子把水倒入水缸，再次玩笑地叫了一声"燕沉"，看子寒还是不理他，没趣地笑着走了。

德岭大爷把她俩拔的草过了秤：小英姑的 11 斤，子寒的 7 斤。然后给她俩写了纸条。

子寒虽然因为草拔得少有些惭愧，但是心里还是很兴奋，不但知道刚打过农药的地里的草不能喂牲口，还认识了野茄子，而且自己居然也能挣工分了。她听大人们说过，生产队按工分多少分东西，那样家里就可以多分点东西了。

子寒欢欢喜喜回到家，一进大门就把蚂蚱扔给了家里的大公鸡。不知大公鸡是有些害怕被草捆着的蚂蚱，还是有意把好吃的也分给母鸡吃，它居然没有独享，"咕咕"叫来几只母鸡一同啄食。

进入屋里，由于屋外的阳光太强烈了，子寒眼前一黑。奶奶把北边的后门打开了，一阵风吹到子寒带着汗水的晒得热乎乎的身上。子寒顿感凉爽、舒服。

奶奶已经做好了午饭，饭桌也摆上了，爷爷正坐在饭桌前的圈椅里等子寒回来吃饭。

　　子寒高高兴兴地把纸条给爷爷、奶奶看，以为爷爷、奶奶也会高兴。可没想到爷爷很生气，他阴沉着脸斥责子寒说："这么小的孩子，谁让你去拔草挣工分，以后再去就别吃饭了。"

　　奶奶没着急，也没夸赞子寒，她把那张纸条塞到了挂在墙上的镜框后，也对子寒说："以后别去拔草了，挣工分是大人的事，小孩不用管。"

　　子寒没想到再次被爷爷警告不能吃饭了，她不服气地说："为什么小英姑能去，我不能去？"

　　奶奶急忙解释说："小英姑比你大，她的腿也好，你还小，不能去。"爷爷不解释为什么，他的态度十分坚定，坚决不让子寒去拔草挣工分，否则就真的不让吃饭了。

　　长大后，子寒想爷爷当初那样做大概是疼爱、关心她的方式吧。让一个五六岁一条腿残疾的孩子去拔草挣工分，有些不忍心吧？再就是大概也怕被外人笑话，作为家长怎么能让那么小的孩子去挣工分呢？

奶奶做的缠糖、小蜡

秋收结束后，家家都分到了玉米、谷子，还有成堆的地瓜。在冬天，奶奶会一次煮一大锅地瓜，将煮熟的地瓜晾在盖垫上，每次做饭的时候熥上几块。

奶奶把地瓜洗干净，放进锅里，加上刚好没过地瓜的水，用大火煮开，然后改为小火慢慢煮，锅里的水渐渐减少，奶奶觉得差不多煮好了，就停火。停火后，奶奶并不急着把煮熟的地瓜捞出来，让灶膛里尚未熄灭的火堆继续烘烤着锅里的地瓜。

等锅底下的柴草灰彻底熄灭，奶奶才把锅里的地瓜捞出来，靠近锅底的地瓜有的已被烤得金黄，地瓜里的糖分已被烤得流出来了。奶奶捞完锅里的地瓜，锅里剩下的水不到一碗的样子，奶奶把黄褐色的略有些黏稠的煮地瓜水的上层，用小勺轻轻地盛到炒菜的小锅里，然后放到取暖的煤炉上，一边搅拌一边熬制，水越来越黏稠，最后就熬制成了缠糖。

缠糖，集市上有卖的，黄褐色的缠糖放在一个小盆里，有买的人，卖家就用两个小棍给夹出一团，2分钱一小团，5分钱大大的一团。子寒看到过比她大些的姐姐或小姑缠过缠糖，自己还从没缠过。

熬好缠糖，奶奶去外面掰来一枝柳枝，从上面掰下两段，用两段柳枝夹起一小团缠糖给子寒。

子寒兴奋地接过缠糖，她不仅因为是第一次吃缠糖兴奋，还为奶奶会熬制缠糖兴奋，原来用地瓜能制作出缠糖，奶奶也真是个能人！

两段柳枝左右交织、分开，再交织，再分开，黏稠的缠糖变得更加黏稠，已经不易滑落了，子寒把缠糖弄成一个圈，再拉长，或者把缠糖弄成蚕茧状再拉开，缠糖的颜色由黄褐色逐渐变成黄白色，由软变得越来越硬。

子寒缠累了，用两段柳枝挑着缠糖，坐下来休息。玲玲和本家的小双姑来找她玩了，她高兴地把缠糖让她们每人咬一小口吃。小双姑说缠糖有点苦味。子寒自己也吃了一点儿，她觉得那不是苦味，是地瓜的焦香味，那应该是奶奶所熬制的缠糖的特殊的香味。

子寒还小，还讲不出什么道理，她对小伙伴说："这不是苦味，是地瓜烤香的味。"

平时，小伙伴都吃过在灶膛里用柴火烤熟的地瓜，地瓜有时也会被烤焦了，烤焦的地瓜就和这缠糖的味道差不多。小伙伴们没再说什么，她们还是羡慕子寒有奶奶给熬缠糖，她们的奶奶没给她们熬过缠糖。

冬天，子寒和小伙伴们一起捉迷藏、挨着墙根站成一排挤摞摞，玩刮大风下大雨的游戏，有时还跑到学校去看同学们做广播体操。下大雪的时候堆雪人，趁着大人不注意还会攥个小雪球偷偷吃。

冬天就那样不知不觉地过去了，转眼到了春节。春节，可以穿新衣服，可以吃好吃的，子寒最喜欢的是除夕晚饭后去点小蜡。

小蜡，就是较小的蜡烛，有筷子粗细的，也有手指粗细的，长度大约三四寸的样子。

当时，在子寒的家乡除夕晚上和正月十五晚上有点小蜡的习俗，除夕晚饭后，孩子们点上大人们给买的小蜡，纷纷从家里出来，东邻西舍的孩子们聚在一起站在街边点着小蜡。

当时农村还没有电，除夕晚上家家在院里或大门口挂上一盏燃烧煤油的提灯，没有路灯的大街依然是黑黢黢的，满大街三五成群的孩子们手中点燃的小蜡烛，使得大街有了光亮。大人们放的两响、钻天猴和少量的烟花会装点一下漆黑的夜空。

为了防止蜡烛燃烧时流下来的蜡油烫伤手，有人在蜡烛上套了一个圆形的硬纸片，硬纸片虽然能阻止蜡油流到手上，可是蜡烛不能充分燃烧。有人就想出了把点燃的小蜡烛插在玉米秆上的方法。孩子们在一起有说有笑，一不留心，玲玲拿着的玉米秆被燃尽的蜡烛点燃了，火苗变大，孩子们吓得大呼小叫。玲玲急忙把燃烧的玉米秆扔到地上，孩子们用土埋，用脚踩，火熄灭了。爱喜只顾灭火，手里点燃的蜡烛把套在它上面的硬纸片点燃了，火苗呼的一声窜得老高，爱喜前额的头发都被烧焦了，她吓得把蜡烛扔在了地上，还好，有惊无险。

孩子们缓和一下被惊吓的心情，接着点小蜡。

没风的时候可以站在街边点蜡烛，有风的时候就不行了，用手捂着蜡烛，或者孩子们围在一起用身体挡住风，一阵大风，还是会把蜡烛吹灭。

玲玲家的大门洞比较大，玲玲的爸爸是老师，脾气也好，赶上刮起大风，子寒和爱喜、爱香姐妹都躲到玲玲家的大门洞里去，把大门关上，小蜡就不被吹灭了。

孩子们点完从家里拿出来的小蜡，就该回家睡觉了。

住在子寒家南边不远的昌吉叔家，不知从哪里弄了一盏嘎斯灯，点燃后，挂在了他家门口的枣树上，风吹也不灭，灯光又白又亮，惹得子寒和玲玲都很好奇，那会是什么灯？

子寒回到家问爷爷、奶奶，昌吉叔家那么亮的灯是什么灯？恰巧父亲也在，他告诉子寒那是嘎斯灯。父亲也不知昌吉叔从那里弄到的嘎斯灯，不过他告诉子寒，嘎斯灯弄不好是有危险的，会爆炸。

子寒疑惑地看着父亲，那么亮的灯怎么会爆炸？

父亲看出了子寒的心思，他说嘎斯灯是一种气灯，嘎斯灯里面放了嘎斯，嘎斯遇水产生一种气体，嘎斯灯燃烧的就是产生的气体。嘎斯多，水也多，产生的气就多，气多不能排出来，如果在灯内燃烧了，就会爆炸。

子寒好像听明白了，灯里面着火，可能就像爆竹里面的炸药着火一样，会爆炸吧。

子寒和小伙伴捡到过没有点燃的爆竹，用手打开看过，爆竹的纸芯连着里面的黑色炸药，炸药燃烧，爆竹就会爆炸。

子寒不再喜欢嘎斯灯了。

正月十五，不知为什么，奶奶没给子寒买小蜡，可能是奶奶身体不好，怕累没去，也可能是奶奶吃药，家里钱紧，奶奶没去买。奶奶可不愿意看到别人家的孩子点小蜡，子寒没得点。

奶奶用家里的猪油给子寒做了两支"蜡烛"。过春节的时候，在肉联厂上班的大姑，给爷爷、奶奶买回了猪头、猪蹄、猪肠子等，炖它们的时候炖出了一些白色的猪油，奶奶用一个小瓦罐盛那些煮出来的白花花的猪油，炒菜的时候就挖一小勺用，到了正月十五，小瓦罐里的猪油还有不少。

奶奶找了两根不粗不细的棉花柴主茎，在主茎的上端缠上大约两寸长的棉花，缠成纺锤形，再用白色的棉线把棉花固定，然后从瓦罐里用小勺挖出几勺猪油倒进炒菜锅里，在煤炉上把猪油加热融化，把缠成纺锤形的棉花蘸满融化好的猪油，等到棉花上的猪油冷却变白，奶奶制作的"蜡烛"就完成了。奶奶制作的"蜡烛"离远了看像两枝含苞待放的乳白色大花苞。

当时集市上，也有卖像奶奶制作的这种蜡烛的，只不过代替猪油的是红色的蜡油，奶奶大概也是受那种蜡烛的启发，才给子寒制作了猪油"蜡烛"。集市上，像奶奶制作的那种蜡烛不怎么受欢迎，因为它的价钱不便宜，又不耐用，点一会儿就烧完了。

正月十五晚上，子寒的"蜡烛"特别引起小伙伴的注目，因为玲玲和爱喜她们依旧点的是像去年一样的小蜡烛，子寒的蜡烛火苗大，来一阵小风也不会被吹灭，拿在手里像个小火把。更主要的是这个小火把是奶奶给做的，子寒有些得意，伙伴有些羡慕子寒有那样的奶奶。

奶奶、老奶奶相继去世

叔叔结婚生女，奶奶病情加重

春天，子寒的叔叔周宇春结婚了。大姑在德州的郊区给叔叔找了媳妇，叔叔在那里安家落户了。

婶子叫田彩云，她个子不高，扎着两条辫子，小圆脸晒得有点黑，她没什么文化，可是朴实能干。她有两个姐姐、一个哥哥，还有两个弟弟，娘家有一大家子人。

叔叔的婚礼是在老家举行的，把子寒父母曾住过的房间进行了装饰，窗户上贴上大红的窗花，屋里的顶棚也重新扎过，并且在顶棚的中央和四角也分别贴上了大红色的吉祥剪纸，屋内充满了喜气。叔叔、婶子在老家住了几日就回德州他们自己的家了。

叔叔结婚的时候奶奶就得病了，经常吃药。

秋天奶奶的病更严重了，大锅上的木头锅盖，奶奶要将它掀开都很费力，好像是胳膊一用力，腋窝疼得厉害。为了方便奶奶拿起锅盖，爷爷请木匠把圆形的锅盖改做成两个半圆形的了。

子寒不知奶奶得了什么病。奶奶不再为子寒"按摩"腿了。

冬天快到了，一天，天还没亮爷爷套上驴车去德州了，第二天拉回一车圆圆的小煤球。那是大姑给买的，奶奶身体不好，大姑要让奶奶过一个暖冬。

往年的冬天，奶奶会用煮地瓜煮出的含糖较高的水给子寒熬缠糖，那年冬天奶奶身体无力，不再给子寒熬缠糖了。

春节，叔叔和婶子都回来过年了，给子寒姐妹每人一块儿好看的手帕，还带回些圆枣和柿饼，在那个物质还不是很丰富的年代，孩子们收到那些礼物兴奋不已。

婶子朴实勤快，帮奶奶刷锅、**洗碗**、扫地，奶奶却怕她累着，因为婶子怀孕好几个月了。最小的儿子也就要为人父了，奶奶的脸上带着满足、安详的微笑。

春天，婶子也生了一个女儿，叔叔给她取名子青，子青已是周家第五个孙女了。

到了夏天，奶奶的病情更严重了，时常在炕上躺着。子寒的鞋被大拇脚趾顶破了一个小洞，奶奶看到了，她气息微弱地喃喃自语："俺要不是得病了，哪能让孩子穿这样的鞋？"

子寒还小，她不知道奶奶当时心中有多少牵挂，又有多少悲伤和不舍。

蛇做药引子

爷爷脾气不好，听说以前爷爷年轻些的时候，没少惹奶奶生气。据说有一天中午，他从地里干活儿回来，看奶奶正端着刚包好的包子放到锅里去蒸，爷爷嫌奶奶把饭做晚了，夺过包子就摔在地上，奶奶含着眼泪把包子捡起来洗干净再去蒸。

奶奶病了以后，爷爷脾气变好了许多，也知道关心奶奶了，他听说用蛇做药引子能治好奶奶的病，就专门为奶奶捉回一条蛇，收拾好，切成段，按别人说的方法：找一块儿青色的瓦片洗干净，放在炉火上，然后把切好的蛇肉放在瓦片上烤酥了，再把烤酥的蛇肉轧成面，让奶奶吃药的时候服下去。

奶奶怕蛇，爷爷亲自烤酥蛇肉，又把它轧成面，给奶奶做药引子。

可惜奶奶的病没因爷爷的改变、真情以对而好转。

秋天，奶奶的病情似乎更严重了，不得不去了德州的医院做了手术。当时医疗条件有限，医生说：奶奶已经是乳腺癌晚期，即使做了手术也不能保证能活多久。

悲怆的春节

奶奶做了手术后，还是经常吃药，经常躺在炕上。父亲让子寒搬到母亲那边去住，说要让奶奶好好休息。

冬天，奶奶的癌细胞扩散了，病情恶化，吃东西越来越少，身体越来越虚弱，农历腊月十八，64岁的奶奶因病去世了。

父亲、母亲还没来得及告诉子寒奶奶去世的消息，子寒和子秋在去奶奶家的路上，远远看见奶奶家大门口的墙上挂起了长长的纸钱，院子里搭起了灵棚，听到还有哭声，子寒猜想是奶奶走了？别人家办丧事时就是那样的。

子寒跑进奶奶家，看见奶奶已躺在灵床上，父亲和叔叔哭得鼻涕一把眼泪一把，大姑也跪在地上哭，别人拉也拉不起来。刚满七岁的子寒傻愣愣站在门口，她知道奶奶病了，可她没想到奶奶会走，当她意识到再也见不到奶奶了，不由也哭起来。

爷爷坐在里屋的椅子上，伤心地抹眼泪。

老奶奶因失去儿媳的悲痛，又加上年龄大了，一病不起，不吃不喝。老奶奶平时感冒了就不肯吃药，即使买来药片她也会偷偷把药片扔掉，病倒后，依然坚决拒绝治疗，家人也不敢强迫她。

奶奶的后事刚办完两天，腊月二十四，独自一人把爷爷养大的老奶奶也走了，子寒第一次看到爷爷失声痛哭。

一个星期的时间，家中走了两位老人，老院子里只剩下爷爷一个人了，一下子变得冷清凄凉。

　　老奶奶的丧事办完的第二天（腊月二十九，那年没有年三十）就是除夕了，一早天上飘起了雪花，除夕晚饭后，地面已有厚厚的积雪，雪花依然飞舞着。

　　子寒没去点小蜡，她不知道玲玲她们有没有去点小蜡，雪那么大，她们应该也没点小蜡吧。子寒躺在被窝里想起了奶奶，再也没人给她做小蜡了，也没人给她熬缠糖了，母亲照顾妹妹们，也不会给她"按摩"残腿的。

　　子寒有些悲伤，一个人偷偷流泪。她突然感觉自己长大了，她要学会照顾自己。

　　除夕夜下了一夜的大雪。清晨人们起来拜年的时候，大雪已覆盖了整个村庄。

父亲决定搬家

春节过后，天气逐渐转暖，冰消雪化，7周岁大的子寒永远失去了奶奶的照料，她变得坚强起来，衣服自己洗，头发自己梳。她还学会了给四妹子夏用犁铧烫土，这里的犁铧指像犁铧状的铁器，用柴火或炉火烧热后，用来烫热沙土。烫好的沙土给孩子穿土布袋用。她也学会了用大铁勺在柴油炉子上给妹妹煎荷包蛋。那是母亲让她干的，她自己也愿意干，做得还有模有样的。

由于奶奶临终前嘱咐爷爷：要照顾好子寒，不要让子寒跟她母亲一起生活。因为子寒是残疾人，母亲平时对子寒的态度不是很好，又加上邻村有个比子寒残疾厉害的孩子，他的家人对他不好，听说让他住柴房，也不让他吃好吃的。奶奶担心母亲会对子寒不好，才嘱托爷爷一定照顾好子寒。

爷爷记住了奶奶的嘱托，天气转暖后，爷爷把子寒从母亲那边接过来，和爷爷一起生活。

爷爷当时负责看管村里的树木不被破坏，自己挣一份钱，父亲、叔叔、大姑也给爷爷钱，爷爷那边吃得比母亲那边还好。

虽说在爷爷那边吃喝不错，可没有了奶奶和老奶奶，子寒一人在家的时候感觉很孤单、无聊。

爷爷不在家的时候，子寒一会儿打开收音机听，一会儿又跑到大门口四处张望，甚至觉得小麻雀都是来给她作伴的，更盼着玲玲放学后来找她。父亲说到夏天也让子寒去上学，子寒很是期盼。

白天还好，晚上爷爷还要去查看树木，子寒一人在家爷爷不放心，就把子寒送到母亲那边去，查看树木回来再去接子寒。

爷爷住的院子离母亲住的院子大约有二百米的距离，为了离爷爷家近些，有事方便，父亲决定搬家，搬到爷爷家后边的空院去住。

爷爷家的后院是爷爷的叔叔的，当初爷爷的父亲去"闯关东"，一去不返，生死不知。爷爷的叔叔去东北找他哥哥，哥哥没找到，在东北安家了。爷爷的两个叔伯弟弟也都在东北有了工作，并都娶妻生子，不打算回来了。

两年前，爷爷的两个叔伯弟弟出钱，让爷爷和父亲帮忙找人把旧房拆了，重新盖过，那座房是当时胡同中唯一的砖房。

房子盖好后一直空着没人住，父亲决定搬到那里去住。

新房还没安装屋门，父亲买来木料，请人做了一副新门，又刷上草绿色的油漆，安装上明亮的玻璃。在屋里盘了炕，在院里垒了猪圈。收拾好后，只等挑个好日子搬过来。

农历三月初三，风和日丽，父母带着三个妹妹搬过来住了。

院里的两棵老槐树也冒出新芽来。昔日空荡荡的院子变得热闹、充满活力。

干活儿却不受气

由于子寒还小，还需爷爷照料，父亲想让子寒去母亲那边吃住。离得很近，爷爷随时都能看到子寒，爷爷同意了。

子寒搬到母亲那边去住后，因子寒是姐妹中最大的，做饭的时候，母亲会让子寒帮着烧火，尤其烙饼、烙合子的时候，母亲在锅上翻饼，子寒在下面认真地烧火，因为烙饼的火不能大了也不能太小了。

母亲对子寒说不上有多好，倒也没有像奶奶想的那样虐待子寒。

母亲并不知道，子寒对她是有心结的。

在母亲搬来后院之前的一个下雨天，爷爷背着子寒从母亲家回来，由于道路湿滑，爷爷滑倒了，嘴里唠叨着："你奶奶临终前说让我照顾你，你腿不好不让你跟着你娘。要不下雨天我就不接你回来了。"

当时子寒7周岁多了，她听懂了爷爷的意思：母亲嫌弃自己是残疾人。因此在子寒心里对母亲便产生了一种"敌意"。

子寒从小就不逆来顺受，她可不怕母亲，不甘"受气"。子寒长大后想想，其实当时也做了一些不懂事的事。

一次子寒看到母亲把糖块分给妹妹们吃，母亲没给她，她就理直气壮地问母亲："怎么没有我的糖？"母亲没好气地说："糖少，你是姐姐就别吃了！"

"不行，你得给我钱，我自己去买。"子寒知道自己是姐姐应让着妹妹，可母亲冷漠的态度促使子寒向母亲要钱。

父亲听到了，从上衣兜里掏出5分钱给了子寒。母亲只是白了子寒一眼，没说什么。

子寒拿着5分钱出了大门。当时5分钱能买三块糖，她没有去买糖，而是趴在墙上哭了，下意识弯腰摸了摸那条软绵绵的残腿。子寒不是想吃糖，她是想让母亲对自己好些。

一天，子寒发现自己铺的褥子坏了个洞，妹妹的褥子是好的，子寒非得让母亲给换个好的，不换不行。其实当时家里没有新褥子了，母亲打了子寒。子寒一边哭一边闹，最后母亲找布补好了褥子，才算了事。

该闹的闹，该干活儿的时候子寒还干，依然会帮母亲烧火做饭，洗自己的衣服。

子寒心里是爱家人的，她希望家人也爱她。

终于去上学了

子寒搬到母亲那边住了两三个月后便去上学了。自从玲玲去年上学后，子寒也一直盼着自己能去上学呢。

学校和子寒家在一个胡同，就隔着两户人家。每当子寒听到从教室传出琅琅读书声的时候，特别羡慕，也好想成为其中的一员。终于如愿以偿能去上学了，子寒心里有说不出的高兴。

学校只有一二年级两个班。校园比普通的院子稍大些，大门朝东，进入大门可看到一座北房和一座西房。北房是二年级的教室，西房是一年级的教室，老师没有办公室，就在教室的一角批改作业。下课后同学们便围着批改作业的老师说笑。

课桌是用土坯砌成的，排列整齐，每人从家自带一个小板凳当座椅。老师的教桌是木质的两屉桌，上面放着粉笔、教鞭和黑板擦。教室黑板旁边的墙上贴着小学生守则。教室不算大，倒也整洁、舒适。

厕所在校园的西南角，厕所外有两棵高大的梧桐树，梧桐树枝繁叶茂，为夏日的校园送上几分绿色和清凉。

子寒担心老师教的东西学不会，每次上课她都认真听老师讲课。

一个星期下来，子寒很开心，老师教的拼音、数学她都学会了，不仅学到了知识，还认识了一些以前不认识的同学：小美、小芬、桂喜、桂红等。

学校只有三个老师，一个男老师和两个女老师。

那个男老师和子寒的父亲曾经是同学，他对子寒不错。那两个女老师和子寒的父母也都认识，尤其那个年轻的女老师，下课后她还会把子寒搂在怀里。可能老师对子寒好的缘故，也可能子寒自己勤奋好学、干净整洁的缘故，同学们没有嫌弃子寒的。课间子寒和同学们一起玩耍、游戏。

夏天在阴凉处玩抓石子、用石子当棋子下棋，玩这些子寒都没问题，也不担心会输给别人。

冬天玩跳房子、跳绳、踢毽子。

跳房子，子寒用左腿单腿跳，也能跳得很灵活，准确地从一个格子跳到另一个格子。

跳绳，子寒也能跳很多下，不管单人跳还是多人跳都没问题。

只是踢毽子时，子寒就不行了。右腿既站不稳，也踢不起毽子。子寒也想和同学一样轻盈地踢毽子，可她不能，只能勉强踢两三个。如果是分组踢毽子，哪个组都不愿要子寒。子寒感到了悲伤，开始为自己是个残疾人而难过。

正当子寒感到悲伤、难过的时候，善良的小美同学告诉其他踢毽子的同学照顾一下子寒。她们让子寒当中立者，就是分组的时候，子寒哪个组也不属于，踢的时候，子寒属于双方两组，她给哪个组踢的个数就加在哪个组。同学们的做法在子寒心中点燃一把火，使她的心暖暖的。

子寒一般不愿参加踢毽子，她不愿同学特殊照顾自己，自己也踢不了几下，她在旁边静静地看同学们踢。

学校最初对子寒来说，就是一个既能学习又有玩伴的乐园。

岁月匆匆两年

一年级放寒假时，子寒得了一张"三好学生"的奖状拿回家。这是子寒第一年上学就得到的奖状。

子寒的父母没想到她能得奖状，他们既惊又喜。

子寒自己没表现得多高兴，她看着奖状上的"三好"两个字，想起了什么。她问母亲："娘，'三好'是指什么？"母亲脱口而出："学习好、品德好、体育好。"

子寒听了母亲的话，心里有些不舒服，心想：要说学习好、品德好还可以，可是我连跑步都不能，怎能算体育好呢？子寒感到了忧伤，她有些怀疑地问母亲："有'体育好'吗？"

没等母亲回答，一旁的父亲听了子寒的问话，好像明白了什么，他说："不是体育好，是劳动好。"

听了父亲的话，子寒觉得自己得那张奖状当之无愧，每次打扫卫生或大扫除自己从没落后过。

子寒上一年级的下学期也就是 1980 年的春天，计划生育政策在子寒的家乡实施。爷爷让父亲和母亲跑出去再偷生一个孩子，父亲和母亲商量后没有那么做，母亲做了结扎手术。母亲手术后父亲耐心地照顾母亲，还炖了母亲爱吃的羊肉，用小勺喂给母亲吃，子寒记得父母在那时非常和睦的样子。

学校的梧桐树花开了又落了，树上逐渐长满碧绿、硕大的叶子。地里的小麦变黄了，收割了。

麦收过后，子寒成为二年级的学生了。

二年级的时候，由于子寒学习成绩好，有时老师让子寒帮忙检查同学作业。长大后，子寒每当回想起当初自己对不完成作业的男生严厉的样子，还罚男生去教室外站着，像个"小老师"，都觉得自己傻傻的。

放学后，子寒只要看到母亲去田地里干活儿没回来，就帮母亲做饭。一次子寒看到家里馒头、窝头都没有了，就学着母亲的样子蒸了一锅窝头，还在铁锅上贴了一圈玉米饼子，由于人小，手也小，窝头和饼子做得也小。

母亲从地里干活儿回来，看到子寒蒸的小窝头、小饼子，十分惊喜。她说知道家里馒头、窝头都没有了，原以为劳累了一天还得回家做，没想到子寒给做好了。

看到母亲高兴的样子，子寒也很开心，认为母亲也觉得她是个有用的人了。

母亲回娘家对姥姥也说起子寒给做饭的事，毕竟此时的子寒才8周岁，姥姥也觉得子寒心灵手巧。连祥妗子（舅妈）也知道了子寒蒸窝头、饼子的事了，子寒去姥姥家的时候，祥妗子还当面夸子寒聪明、能干。弄得子寒有些不好意思了，低着头不敢看祥妗子。

转眼到了二年级的"六一"儿童节，子寒也成了一名少先队员。当时可不是每个学生都能成为少先队员的，全班大约只有三分之一的同学入选。子寒能够被选上，心里感到特别开心、荣幸。

学校为庆祝"六一"儿童节，也欢迎新一批少先队员的加入，组织表演了节目。

在校园的空地上，同学们围成一个大圆圈观看表演。有朗诵、有唱歌，在热烈的气氛中，同学们度过一个欢乐的节日。那时的快乐就是那么简单，却又那么难忘。

六一刚过不久，学校发生了一件"骇人听闻"的事，一个男生因不尊重女生，出口不逊，犯了众怒，一群女生把他拽进了女厕所（当然，厕所里并没有解手的女生）。男生刚一进女厕的门，就被羞辱得大哭起来，从此再也不敢骂女生。而女生也挨了老师的严肃批评。

岁月匆匆，转眼又过了一年，再次麦收结束，子寒该上三年级了。

三年级要到离家较远的中心小学去读。子寒将离开最初的学校——那个既能学到知识，又有玩伴的乐园。

制作煤油灯

三年级子寒去了新的学校。

新的学校坐落在村子的西北角，离家远了很多，子寒感觉走路有些力不从心了。她走路没同学快，而且一不小心残腿支撑不住身体就摔一个跟头。每次摔倒，子寒都不顾疼痛马上站起来，接着走路。

新的学校没有大门，东边有一道长长的砖墙与村中的住户隔开，南面是个大池塘，西面是庄稼地，北面是一条大道直通村中。同学大部分从北面进入学校，也有从南面沿池塘边进入学校的。

南北向小路贯穿校园中间。在小路的东西两侧各有三排房屋，房屋都是坐北向南的。最北边两排是老师的办公室和离家较远的老师的宿舍。中间两排和南边两排都是教室。

校园的整个南边是操场，操场上有高高的木制篮球架，操场南边有几棵枝条飘逸的垂柳，操场东边则有几棵挺拔的杨树。

操场平坦、空旷，在子寒的印象中操场上总有风吹过：或微风拂面，温柔体贴；或大风摇动树枝，热情奔放；抑或狂风席卷土粒，疯狂躁动。似乎操场因风而更有活力。

这所学校比之前的学校大了好几倍，宽敞、整洁。子寒喜欢新的学校。

新学校，也换了新老师。

孙老师担任语文课的教学，也是班主任，她中等身材，扎着两条辫子，鸭蛋脸，性格温和，穿着朴素干净。孙老师的丈夫是个军人，平时她和公公、婆婆、小姑子一起生活。

教数学的是张老师，她高个儿、圆脸、短发，年龄和子寒的母亲差不多——三十多岁，同子寒的母亲也认识。张老师生活艰辛，因为丈夫死了，她一个人带着三个孩子过。张老师讲课认真，笑容很少。

子寒依然语文、数学课都喜欢。

从三年级开始不再使用铅笔写字，而使用钢笔写字，教室里时常会飘着钢笔墨水的味道，子寒总觉得那种味道告诉她自己已经是比较大的学生了。子寒为自己的成长感到兴奋、喜悦。

三年级开始有作文课，子寒的第一篇作文《课间十分钟》就获得孙老师好评，在班上老师还把子寒的作文读给同学们听。子寒心里美滋滋的。

从三年级开始，冬天要加早、晚自习课。早上天不亮就去上早自习，晚上到八点钟才放学，天已经很黑了。由于当时农村还没用上电，每个同学上早、晚自习课都自带一个小煤油灯。

子寒的小煤油灯是她自己制作的。她在修车铺的门口捡到一个小铁管，在父亲的小工具箱里找到了一个看上去合适的螺丝。

把空墨水瓶的盖上用烧红的铁丝烫个小孔，把棉线搓成的棉绳穿入小铁管，然后把带有棉绳的小铁管从瓶盖的小孔穿出，再把穿出的小铁管套上一个螺母，使小铁管从瓶盖的小孔掉不下去，瓶内倒入煤油，一盏小煤油灯就做好了。棉绳做的灯芯要长些，以免油少时，吸不到油。

子寒高高兴兴地把自己做的小煤油灯拿到学校去。

大多数同学已经准备好了煤油灯，只有个别的同学还没做好。有个叫桂芬的女生，个子高瘦，人很老实，她因材料不全还没做煤油灯。桂芬看着子寒做好的煤油灯很是羡慕，小声问子寒："子寒，你家还有小铁管和螺丝吗？我家没有。"

　　"我家也没有了，只不过从修车铺好像能找到的。那里应该有废旧的铁管和螺丝吧。"子寒的小铁管是在修车铺门口捡到的，她觉得修车铺里应该有，就对桂芬那样说。

　　"噢……好做吗？"

　　"好做。"

　　"你帮我做一个行吗？"桂芬不好意思地对子寒说。

　　"好。你把你的空玻璃瓶给我，我回家给你做。"

　　子寒知道桂芬老实，大概不愿去修车铺要铁管和螺丝。再说万一修车铺没有的话，自己还可以请父亲帮忙。父亲几年前就在拖拉机站上班了，找废旧的铁管和螺丝比较容易些。子寒很乐意去帮助同学，欣然答应了。或许是作为残疾人，帮助别人更能感受自己存在的价值吧。

　　子寒答应别人的事，一定会做到的。中午放学后，子寒就去了修车铺，在那里没有找到合适的铁管和螺丝。子寒请求父亲帮忙，父亲答应下午去拖拉机站帮着找找。

　　吃饭的时候父亲突然想起了什么，说："你爷爷那边有三个煤油灯，那个小的是你奶奶生前做的，你先拿去用，反正你爷爷用不着。就不用再做了。"

　　"奶奶做的那个还是留着吧，我自己再做一个。"

　　"长时间不用灯，铁管也会生锈的，用着反而更好！"父亲说。

　　子寒思考了一会儿，决定把自己做的煤油灯送给桂芬，自己用奶奶生前做的煤油灯。

　　桂芬在上晚自习的时候，高兴地用上了子寒送给她的煤油灯。

　　点煤油灯如今早已成为过去，可煤油灯曾照亮过那个年代无数个黑夜。

用芝麻叶洗头

冬天带着寒冷退去了，春天把温暖再次送到人间。春天到来后，子寒他们不再上早晚自习课了，地里的农活开始多起来。

那时土地已承包到户，人们种地的积极性提高了，家家都喂了牲口，有喂牛的，也有喂驴的。子寒家喂了一头黄牛，帮助耕种。

伴随气温的升高，田野里的小草渐渐生长出来了。家家的孩子都去拔草喂自家的家畜。子寒已是三年级的学生，爷爷也不再阻拦子寒去拔草了。

春天，几个小伙伴在一起有说有笑一起拔草，当时草长出的还不多，孩子们在麦田、水渠边以及一些空旷地寻找着野草，拔到鲜嫩的苦菜、蒲公英拿回家还可以洗干净了蘸自家制作的面酱吃，不仅可以改善一下饭食的口味，还很有成就感。偶尔还会挖茅草白嫩多甜汁的根吃。子寒她们把茅草根直接叫做"甜根"，挖出"甜根"可以嚼里面的甜汁吃，也可拿回家喂家畜。喂家畜一般选择割茅草不挖根，挖根多是为了自己吃。挖出的茅草根有的粗嫩多汁，有的比较细瘦少汁，多汁的自己吃，剩下的拿回家喂家畜。

当时子寒她们还不知道茅草刚冒出的幼芽中间的白色毛芯（处于花苞期的花穗）也可以吃，后来子寒到德州上学后才知道的，那里的同学把拔茅草的幼芽的花穗叫做"拔谷荻"。"拔谷荻"不仅仅是为了吃，更是感受春回大地的喜悦。

盛夏拔草累了就到河堤的树林去休息，吹着凉爽的河风，还可在树荫里用石子当棋子下一会儿棋。也会去清澈的河水边洗脸，看到成群的鱼儿游过真想捉几条。但好像捉鱼是男孩子的事，他们脱掉外衣穿着内裤下河捉鱼，女孩子一般不下河。

孩子们一天天成长，玉米、谷子、大豆、芝麻也一天天长高长大，一次拔草的时候子寒和玲玲进入一块儿芝麻地，玲玲说她听大人说把芝麻碧绿的叶子泡在水里，然后用泡过芝麻叶的水洗头，头发会变得柔滑有光泽。

子寒听了很好奇：芝麻可制作香油，芝麻叶里有什么，泡过水后洗头能使头发柔滑有光泽呢？

子寒和玲玲都没用芝麻叶泡水洗过头，就想试一试，于是两个人摘了几片芝麻叶拿回家洗头用，反正一株芝麻少一两片叶子不会影响芝麻的生长。

午饭后，子寒把一洗脸盆清水晒在太阳下，不肯午睡等待水被晒热，然后把摘回来的芝麻叶洗去表面的灰尘揉泡进晒热的水里。伴随芝麻叶的颜色由碧绿变成黑绿，清水变成黏滑的翠绿色液体。

子寒把芝麻叶捞出来，感觉泡过芝麻叶的水好像变成了油，十分黏滑。这种黏滑的绿色的液体能用来洗头吗？既然大人说能，就试一试吧。

子寒用泡过芝麻叶的水洗完头，又用清水冲洗了一遍，再用毛巾擦干。刚洗过的头发在阳光下闪着五彩的光。子寒沉浸在尝试新事物的喜悦中。

子寒和小伙伴在辽阔大地的怀抱里不断地成长着，也留下了一份别具美好的童年记忆。

辍　学

当时人们的生活越来越好了，家家都吃白面馒头，玉米饼子、地瓜餐桌上倒少见了。村里也正准备安装电线，冬季再次到来的时候，早晚自习课就将不再用煤油灯。从穷苦日子过来的老百姓都处于物质生活的提高和社会安定的喜悦中。当时已恢复高考两三年了，农村孩子也都提高了学习积极性。谁家孩子上学好也是谁家的荣耀，那也算是人们茶余饭后的一个话题。子寒也因学习成绩好会受到邻居的称赞，有一件事却让她高兴不起来。

那就是子寒感觉自己的残腿好像越来越用不上力了。走路摔跟头的次数在增加，一不小心就摔一个跟头，有时和同学在一起走着走着就摔倒了，为了避免摔倒，子寒不敢走快了。

有的同学嫌子寒走得慢，不愿意和她一起去拔草了。小时候的玩伴玲玲和同学小美不嫌弃子寒走得慢，还愿意和子寒一起去拔草，子寒却不愿拖累她们，有时一个人去拔草。

子寒不仅走路摔跟头，走远些的路还感觉到很累。一次爷爷让子寒去村后街的商店打酱油，由于怕摔倒，子寒走的时间较长，还累得满头冒汗，喘气粗重。子寒心里很难过：以后可怎么办？不能走路了吗？

子寒自己不说，家里就没人注意到这些。

新学期开始了，子寒成为四年级的学生了。四年级课桌椅都换成比较高的木制的了，不再是用土坯垒成的较低矮的课桌。老师把班里的同学也做了调整，原来的同学有的被分到别的班去，又有其他班的同学加入进来。

一次上体育课，同学们都去操场了，只剩子寒一个人坐在教室里看书，没想到有一个刚加入进来的男同学回来取水瓶，他看了看子寒，挑衅似的说："走啊，去上体育课呀！不行了吧！在这好好坐着吧。"

走路摔跟头，还被那个男生取笑不能上体育课，四年级没上几天，倔强的子寒说什么也不去上学了。

当时十周岁多的子寒还不知上学的重要性，也不知不上学又将意味着什么。要强的她不想在同学面前没面子。

母亲向同学打听子寒为什么不上学了，同学说不知道，说在学校也没打架。子寒自己也不肯说出原因，在她看来自己腿不好，摔跟头挺丢人的。就算说出来，自己的腿也好不了。

对子寒不上学的事，父亲什么也没说，他没问子寒为什么不上学了，更没劝说子寒去上学。

父亲是高中毕业的优秀学生，他的教育理念是顺其自然，"树大自直"。孩子愿意上学他不反对，孩子不上学他也不反对。在父亲心里还有一种"女子无才便是德"的思想，子寒是女孩，还是残疾人，父亲觉得她不上学也没什么。

子寒就这样辍学了。

自己动手做"美食"

吃饭是人人都离不开的事，自己动手做的食品会更美味。

子寒在家挺无聊的，她不愿只闲着玩，就学着给爷爷做饭。父亲索性让子寒吃住都在爷爷家了，10岁的子寒担起了给爷爷做饭的任务。

在当时的农村，家家户户还都是自己蒸馒头吃，子寒首先要学蒸馒头。

第一次和面水放多了，手上、面盆上粘满了面糊。子寒不得不又加入些干面粉，好不容易才把手搓出来，面盆上还是粘上一些面糊弄不下来了。

母亲告诉子寒只要面团里有气泡了，面就算开了，就可以蒸馒头了。把馒头揉好后不要立即放进冷锅里，要等馒头饧一会儿放进温热的锅里蒸。

第一次蒸的馒头不怎么好看，但因为是自己动手蒸的，子寒感觉吃起来特别香甜。

第二次和面时，子寒不敢一次加水太多，怕把面和软了，一点儿一点儿慢慢往里加水，逐渐和成面团。面盆比第一次干净了许多。第二次蒸的馒头也好看了些。

后来，子寒又开始试着蒸包子、包水饺、烙合子。

做那些面食，对子寒来说，就像在玩橡皮泥，做得由慢到快，由不好看到好看，子寒感受着其中的乐趣。比玩橡皮泥更有意义的是：子寒做出的包子、饺子、合子还可成为家人的食品。

爷爷这边的吃的依然要比母亲那边好。冬天，爷爷要买好几次羊肉吃，那时刚刚走出贫困的农村人还不流行吃涮羊肉，爷爷买回的羊肉一般用来包饺子、烙羊肉饼。

包饺子对子寒来说不是什么难事，她在 7 岁多的时候就帮妈妈包饺子了。但剁包饺子的羊肉馅，对十岁的子寒来说有些费力。

当时农村没有绞肉机，要靠人工剁馅。

子寒按爷爷的说法先把羊肉切成小块，然后用力剁碎，剁得看上去已经碎了的时候，加入大葱、姜接着剁，等用筷子随意夹起一些肉不再缠连就算剁好了。倒入香油、酱油、盐、五香粉，拌均匀就可用了。说起来容易，真正剁羊肉馅可没那么轻松，不用力是剁不碎的。子寒要用半天时间才能将二斤羊肉剁成馅。

剁馅是有些费力，可是饺子很好吃。煮熟的饺子，馅是一个肉丸，吃起来筋道、美味。

烙饼用的肉不用剁碎，切成小丁就行，加入切碎的葱、姜。爷爷比较喜欢吃香菜，每次烙羊肉饼还要放些香菜。把羊肉丁、切碎的葱、姜、香菜放在一起，拌上调料就能做烙饼用的馅了。

爷爷好吃，他知道饼怎样做好吃。他告诉子寒烙饼用的面要软，烙出的饼才能外酥里嫩，味道鲜美。

刚出锅的羊肉饼色泽金黄，肉香扑鼻。爷爷一次要吃两三个，子寒也会惬意地品尝自己亲手做的羊肉饼。

爷爷经常向邻居或亲戚讲起自己的孙女会给他做饭的事，惹得别人家的爷爷、奶奶都有些眼红了。

乐在其中

除了做饭，子寒还帮母亲干些力所能及的活，秋后拧玉米（把玉米粒从玉米槌上拧下来），扒棉花桃（秋后尚未开放的棉花桃被揪回家中，晒干后用手扒出里面的棉絮）。

子寒坐在小板凳上半天半天地拧玉米，扒棉花桃。

快冬天的时候子寒还跟母亲学会了做棉衣，做盘扣。她把自己的黄色小格上衣也换上了黑色盘扣。邻居家的桂姑听说盘扣是子寒自己做的，脸上露出吃惊的表情，她羡慕不已地说："我还不会做盘扣呢，你就会做了！"

子寒笑了笑没说话，心想：你不学哪能会做呢？

母亲在冬天农闲时节要做好多鞋，给家中每个人做冬天穿的棉鞋，也做明年天气暖和时穿的单鞋。子寒就帮母亲纳鞋底。

纳鞋底是一件很累手的活，一定要戴顶针。顶针一般戴在右手的中指上，当手指用力把针从鞋底的一面穿到另一面时，顶针起到保护手指的作用。

第一次纳鞋底，由于摆弄时间长，子寒纳出的第一只鞋底有些发软，不板正了。子寒不怕麻烦又纳了第二只，第三只……纳出的鞋底终于板正多了。子寒看母亲在鞋底上还纳出了疙瘩、麦穗等花形，也让母亲教自己是怎么纳出的，自己也试着在鞋底上纳。

母亲用缝纫机砸鞋帮，子寒也学会了使用缝纫机。

十周岁多的子寒学着干各种力所能及的活，并以此为乐趣充实着生活。

有惊无险

几个月过去了，子寒不上学的事似乎已没人再过问了。

转眼到了春节，叔叔回家来过年了，大表哥和小表哥也来给爷爷送过年礼物了。

大表哥已经是医学院大四的学生了，他是一位文静、帅气的小伙子。听说他已经有了女朋友，是他高中的同学，也是某所大学的学生。

大表哥依然把子寒当小妹妹，一副大哥哥的样子。晚上恰逢家门口的大街上放映电影，子寒和大表哥、小表哥一同去看。大表哥、小表哥都穿了棉外套，子寒没有。大表哥担心子寒会冷，便脱下他的大衣为子寒遮挡风寒。

子寒是不会穿大表哥的衣服的，她知道大表哥脱下衣服后他自己也会冷。子寒明明被夜晚的寒风吹得有些冷，嘴上还是说不冷，她心里很感激大表哥还关心自己这个残疾小妹妹。

子寒最羡慕大表哥的是他能够上大学，因为家里人一提起大表哥上大学，语气就充满了自豪、敬佩。一想到自己因为腿放弃了上学，就会油然而生一种伤感，但又觉得无奈。

小表哥则依然虎头虎脑，他和子寒彼此早就不抢东西了，能够坐下来友好地谈话。

小表哥上初三了，他不好好上学，一次吃饭的时候居然讲起英语课上他和另一个男生是怎样偷偷睡觉不听课的。子寒听了摇摇头，无语了，在她看来，作为学生，不就是应该学习的吗？为什么要偷偷睡觉？

　　吃着吃着饭，大表哥突然指着饭桌上碗里青翠的腊八蒜问了一句："这腊八蒜是怎么变绿的呢？"

　　小表哥听了不屑地回答："因为它里面的芯是绿的，所以能变绿。"

　　小表哥的回答子寒有些不信，蒜变绿肯定和醋有关，和里面的芯是绿的有关系吗？要是和芯是绿的有关系，放在水里为什么不变绿呢？

　　大表哥被小表哥的回答逗笑了，没和小表哥争辩。

　　大表哥和小表哥的到来总会给家里增添些热闹的气氛。母亲对大表哥和小表哥很是热情，大概是喜欢男孩的缘故吧。

　　因为马上就春节了，大表哥和小表哥不能像暑假那样住上十天半月再走，他们住两天就回德州过年了，叔叔则要等过完年才回去。

　　除夕夜家家张灯结彩，喜迎新年。家家都包好了饺子，放鞭炮也是少不了的事。

　　子寒的父亲不喜欢放烟花爆竹，除夕晚上子寒照着手电筒和叔叔一起在大门口放"两响""钻天猴"。放着放着意外发生了，一个"两响"在地上爆炸后，没有蹿向空中，却冲子寒飞来。子寒没来得及躲避，"两响"在离子寒左脸大约10厘米时爆炸。

　　叔叔和子寒都吓坏了，叔叔急忙打着手电筒检查子寒的脸。还好有惊无险，子寒没被炸伤。叔叔却不敢再放"两响"了，叔侄俩心有余悸地回到屋里。

屋外鞭炮声此起彼伏，正在逐年富裕起来的人们隆重、喜庆地度过了又一个春节。

向外祖父说出实情

过了大年初一，初二人们就开始走亲访友了，春节可以说是一年中亲朋好友得以来往、相聚的节日。

正月初三，父母带着三个妹妹去姥姥家拜年了，子寒没去。

父亲骑自行车带着子秋和子香，母亲也骑自行车，她带着子夏和一些礼品，带不了子寒。子寒自己也不想去，自己不上学了，去了免不了会被别人问东问西的。

快中午的时候外祖父一直没看到子寒，当他从母亲那里知道子寒没去后，便让他的侄子（子寒叫他祥舅）把子寒接到姥姥家去。

子寒没想到外祖父会让祥舅来接自己，倒有些难为情了，是去还是不去呢？

爷爷在一边催子寒去："去吧，去吧，你姥爷都让你祥舅来接你了！赶紧去。"

子寒看祥舅的样子，如果自己不去他是不会走的，于是她和祥舅去了姥姥家。

骑出一段路后，祥舅一边骑自行车带着子寒赶路，一边问子寒："你知道什么叫'三思而行'吗？"

子寒马上猜到了祥舅问话的意思：大概是在说自己没想好就不去上学了吧？子寒看看祥舅高大、结实的背影，没说话。

子寒又何尝不想去上学，她多么希望自己的腿能好，迎着阳光，听着鸟叫，背着书包和同学们一样欢快地迈着有力的步子一同走进学校。可是她却走路摔跟头，还不能上体育课，还被别人取笑。她是觉得太丢人才不去的。

祥舅果然是因为子寒不上学的事才问的，他的声音变得严厉了："你没想好，就不去上学了吗？"

子寒还是不回答。子寒心里很感激祥舅还关心自己是否上学，可她不知该对祥舅说什么。

阳光轻轻地照在子寒的身上，照着她稚嫩的脸庞，她清澈的眼睛里流露出忧伤、无奈的表情。

子寒一路都没有回答祥舅的问话，还好祥舅平时话语也不多，问了那一遍后便没再追问。

一共三里路程，很快就到了姥姥家。

姥姥家已是宾朋满座，宴席已经开始了，屋里弥漫着酒菜的香气。有的客人子寒并不熟悉，没人再提她不上学的事。子寒洗手后，坐在了炕上姥姥为孩子们准备的小饭桌前准备吃午饭。

下午，父亲、母亲带着三个妹妹回家了，外祖父留下了子寒。

外祖父已经调到县税务局上班了，过年依然穿着深蓝色的制服，身体依然又高又瘦，精神矍铄。

客人散去后，外祖父把子寒的小手放在自己的大手里，看了看，用赞赏的口气问："听说你会做饭了？"子寒不好意思地笑了笑。

外祖父放下子寒的手，去喝了几口茶水，又语重心长地问："你能告诉我，你这么小，为什么不去上学了呢？听说你学习挺好的，还年年得奖状呢！"

子寒还是不愿把不能上体育课被取笑、走远路会感觉很累还一不小心就摔跟头的事告诉外祖父。

外祖父看子寒没说话，把话题岔开了，微笑着问子寒："你会蒸大米饭吗？"

子寒摇摇头。

"今晚我做饭，教你蒸大米饭。"五十多岁的外祖父声音响亮清澈。

姥姥听了外祖父的话，愣了一下，随即笑着说："今晚的饭你做吧！俺可不管了。"

外祖父经常一人在外，他会做些饭菜。

夜幕还没完全降临，外祖父就开始做饭了。他把一碗大米倒进一个铝盆，然后说："一碗米，要加两碗水……"子寒没蒸过大米饭，觉得新鲜好奇，她认真地听着。外祖父蒸上大米饭，又去洗藕。

那晚外祖父用藕做了四盘菜，两个热的：一盘肉片炒藕片、一盘肉丝辣椒炒藕丝。还有两个凉拌的：一盘花椒油木耳拌藕片，一盘白糖拌藕片。外祖父把菜做好后，问子寒："这是我做的四盘菜，你看出什么了？"

子寒看了看四盘菜，想了想说："这四盘菜中都有藕，不一样的做法就做成了不同口味的菜。"

外祖父听后笑着说："你说得对，可是你知道吗？生活也是这样，同一件事，你用不同的态度、方法去对待，结果也会不一样。"

子寒好像听懂了外祖父别有深意的话，点了点头。

"那你能告诉我，你为什么不上学了吗？"

外祖父一直在用亲切的语气和子寒说话，子寒觉得告诉外祖父实情他不会笑话自己。子寒终于把憋在心里的话小声地说了出来：

"我走路一不小心就摔跟头，还有人笑话我不能上体育课，我就不去了。"

一旁的姥姥听后，叹口气说："唉！都是咱这腿的事。"小姨和小舅没说话。

外祖父听后，可能一时也没想到解决的办法，他沉思了片刻，对小舅说："去，把你祥哥叫来一起吃饭，一会儿饭就凉了。"

祥舅就住在姥姥家的后院，一会儿就过来了，吃饭间没人再提子寒不上学的事，都在品评外祖父做的菜。

晚饭后，外祖父坐在椅子上眉头紧锁，好像在想什么事，还自言自语："不能走路……"他是在想子寒不能正常走路的事。

第二天早上外祖父问子寒："想过学骑自行车吗？"

子寒摇摇头："没想过。"

外祖父没再说什么，早饭后便回单位上班了。子寒在姥姥家又住了两天才回家。

学会骑自行车

　　学会骑自行车对一个正常人来说不算什么，可对只有一条好腿的子寒来说就需要勇气和信心了。

　　春节过后，天气逐渐转暖。

　　一个星期天的上午，子寒去母亲那边，恰巧看到外祖父让老乡捎回来一辆漂亮的"24"（轮胎直径24英寸）小自行车。在当时的农村是看不到那种小自行车的，家家都是"28"的大自行车。

　　子寒心想：外祖父曾问过我想过学会骑自行车吗，这自行车难道是外祖父特意给我买的吗？

　　那时，由于子寒残疾的右腿难以支撑体重，她不由自主地用右手按在右腿的膝盖上方，用手帮着腿支撑着身体走路。子寒害怕走远路，不但累，走路的样子也不好看。

　　"如果真的学会了骑自行车，走远路也就不用怕了。"子寒想到这里，心情有些激动。

　　可是，母亲并没让子寒学骑自行车，而是让二妹子秋在学着骑。子寒没说什么，有些伤心地回到爷爷家。

　　第二天，子秋去上学了。子寒去母亲那边要自行车学骑："娘，姥爷给买的自行车呢？我也想学骑自行车。"

　　"你能学会吗？"听母亲的语气，看母亲的表情，好像子寒根本学不会骑自行车。

"我……能！"子寒犹豫了片刻，肯定地说。

其实，子寒也不知道自己能不能学会骑自行车，她想试一试。倒是母亲冷漠的态度，使倔强的子寒肯定地说了声"能"。

这时父亲从外面回家来了。母亲看了一眼子寒依然用怀疑的语气对父亲说："她想学骑自行车！能学会吗？"

父亲听说子寒想学骑自行车，眼睛一亮，脸上露出笑容，他急忙把小自行车从里屋推出来，小声对子寒说："你把自行车推到你爷爷那边去吧，不管什么时候，你想学就学。"

子寒听了父亲的话，脸上露出惊喜的表情，高兴地把自行车推走了。

那辆自行车是黑色的车架，黑色的车把，银白色铁闸把儿，浅灰色的闸线，翠绿色的皮革车座，看上去既大方又给人清新的感觉。子寒喜欢、珍爱那辆自行车，如果学会骑自行车，那它可就是自己的"腿"了。

右腿不能用力，只有一条左腿，怎样学骑自行车呢？

开始，子寒把自行车靠近墙边，用右手抱起右腿绕过车座，把右脚放在车镫子上，然后坐上车座，左脚着地，左手握住车把，右手扶着墙，慢慢地向前驱车。如果把左脚也踩到车镫子上，右手刚一离墙，人和自行车就一起摔倒了。一连两三天也没什么进展，子寒有些灰心了。

母亲的态度让子寒更加心凉，那天快中午了，子寒正在胡同里扶着墙学骑自行车，母亲从地里干活儿回来了，她冷冷地看了子寒一眼就回家了。母亲大概因为觉得子寒只有一条好腿是学不会骑自行车的，而子寒还坚持要学才生气吧。子寒希望得到母亲的鼓励，可母亲却是冷漠的态度。倔强的子寒就更想学会骑自行车，让母亲看看。

可她只有一条好腿，不能和正常人一样学骑自行车，扶着墙学骑也没进展，怎样才能学会骑自行车呢？

正当子寒一筹莫展的时候，偶尔的一次"没摔倒"，使子寒又看到了希望。子寒在学骑车的时候，有一次快摔倒了，她下意识马上用左脚着地，居然没有摔倒。

这提醒了子寒：不用扶墙，用左脚踩在地上，直接坐上自行车，自行车也不会倒，双手握住车把，再用左脚用力向后蹬地，靠着反作用力就能把自行车骑起来。而且那样就是在没有墙的情况下也能学骑自行车。想到这些，子寒心中一阵惊喜。

子寒开始不扶墙练习骑自行车，觉得自行车要倒，便立即用左脚着地，以防摔倒。有时自行车倒向右边，那就惨了，右腿用不上力，子寒就会和自行车一起重重摔倒在地。

经过一连几天的反复练习，子寒终于学会了骑自行车。开始能骑几米远，慢慢地能骑十几米、几十米。子寒高兴得心要跳出胸膛。

母亲没有想到子寒真的学会了骑自行车，无话可说，她的心里应该也是高兴的吧。

邻居家的奶奶看到子寒学会了骑自行车，一脸的惊讶，说："这孩子学会骑车子了！"

学会骑车的子寒是最高兴的了，她感觉自己仿佛有了健康的双腿，以后再也不怕走远路了，而且不熟悉的人也看不出她是残疾人了。

养　鸡

炸鸡、烤鸡、炖鸡以及炒鸡蛋、蒸鸡蛋，是我们生活中不可或缺的美食，而养鸡也独有一份乐趣。

子寒除了做饭、练习骑自行车，便闲着没事了，在春末的时候，她让爷爷给买了十几只小鸡，养在纸箱中。自奶奶去世后，爷爷家就没养过鸡了。爷爷吃的鸡蛋都是在集市上买来的，如果养上几只鸡就不用去买鸡蛋了。

一只只小鸡毛茸茸的很是可爱，还不停地"叽叽"叫着。子寒细心地喂养它们。

开始喂它们用开水泡过的小米，一次喂的量不要大，一日要多喂几次。每次给小鸡喂食，它们都争先恐后地抢着吃，子寒则在一边安静地看着。

每隔两天子寒要给它们换一次铺在纸箱里的旧报纸，使纸箱内保持干净。纸箱上还要用剪刀戳上一些小孔，让纸箱中的空气能够流通。

随着翅膀羽毛的慢慢长出，小鸡的身体也在慢慢变大，小鸡在纸箱中有些挤了，要把它们从屋内的纸箱里换到屋外的竹笼里。也不再喂小米，要把蒸熟的玉米窝头弄碎喂给它们，再添加着喂些剁碎的青菜。

每天早上把它们从竹笼中放出来时，它们都迫不及待地一涌而出，跑到墙根边、大树下刨食吃，有时还会追着飞虫跑。每当子寒端着小盆给它们喂食时，它们就迅速聚拢来，你挤我抢地吃起食来。

喂小鸡成了子寒生活中的一部分。小鸡也充实着子寒的生活。

有一次，子寒刚洗完头，端着脸盆去倒洗头水。小鸡以为子寒给它们喂食，从四面围拢来。还没来得及梳理的头发挡住了子寒的视线，子寒一脚踩上一只小鸡。小鸡一声尖叫，子寒也感到脚下软绵绵的，急忙抬起脚，幸亏踩得还不是很重，小鸡在地上趴了一会儿，站起来跑了。

等翅膀、尾巴的羽毛全部长出，很容易就分出公鸡、母鸡了。它们的"外衣"颜色也有了很大不同，母鸡有白的、有黑的、有芦花的，还有狸花的；公鸡红黑羽毛的较多，也有白公鸡。这时用玉米面加上些米糠、麦麸拌食就行了，这时菜叶即使不剁碎，它们也能自己啄食。

长大的鸡也像长大的孩子一样，白天要跑到大街上去玩。有的公鸡高昂着头，迈着方步一副神气十足的样子，似在告诉其他公鸡它是不可侵犯的，同时也用它的威武吸引母鸡的注意。晚上，它们也知道回到自己的家中。

长大后的鸡一般住进用砖垒成的鸡窝。尤其冬天和春天，晚上等鸡钻进窝后，还要把鸡窝的门用砖堵上，并且一定要堵结实，以防黄鼠狼、地狸子偷鸡。子寒每天晚上都把鸡窝的门认真堵结实，以防鸡被黄鼠狼偷去。

有的人家的鸡晚上不钻窝，而是飞上高高的树杈，在树杈上过夜，构成小村庄夜晚一道独特的风景。

子寒养的十一只鸡有五只母鸡，六只公鸡。母鸡留着下蛋，公鸡在中秋节的时候就被爷爷杀了两只吃掉了，一向爱吃鸡腿的子寒有些吃不下，可能是因为那是自己亲手养大的鸡的缘故吧。

那时，几乎家家都养上几只鸡，有的人家还把鸡蛋积攒起来拿到集市去卖。

春天家家户户几乎都腌咸鸡蛋，在麦收的时候又忙又累，就煮咸鸡蛋吃，蛋黄流油的咸鸡蛋在那时是家家麦收不可缺少的食物。

一般春天养的鸡，秋后就下蛋了。子寒养的鸡在中秋节后也下蛋了，爷爷不用再去买鸡蛋了。明年春天也能腌一些咸鸡蛋。

子寒打算明年多养些鸡，卖了鸡蛋还可以买身漂亮衣服……

心　事

由于会骑自行车了，子寒可以去田地帮着干些力所能及的活儿。夏天给棉花打杈，秋天去拾（摘）棉花。

子寒在夏天的时候还给三妹子香做了一条连衣裙。

子寒看到玲玲的妹妹小梅穿了一条粉红色的连衣裙，那是她在县城当老师的父亲给她买回来的。当时农村孩子很少有穿连衣裙的，子寒觉得女孩穿连衣裙不仅漂亮，而且会幸福得像个小公主，她打算给三妹子香也做一条连衣裙。子香和子寒一起住在爷爷家，而且子香身材修长，子寒觉得她穿上连衣裙一定好看。

大姑在元宵节的时候带着表姐回来过，给子寒 20 元钱。大姑只给了子寒，没给妹妹们，可能是给子寒的帮爷爷做饭的奖励吧。子寒用那 20 元钱去村里的供销社买了一块儿淡黄色带小花的素雅、漂亮的布料，准备做连衣裙。

连衣裙怎么做呢？

没事的时候子寒就在院子的地上画连衣裙的样子，哪儿是领子、哪儿是肩、哪儿是胸、哪儿是腰……又该把哪儿和哪儿缝在一起。

经过两天的精心琢磨，子寒开始动手做连衣裙。她向母亲要来尺子，给子香量尺寸。又让三妹从学校捡回几个小粉笔头，用来在布料上画图。

子寒根据量的尺寸先在布料上画出了连衣裙的图形，然后小心翼翼地用剪刀裁下来。子寒又用母亲的脚踏缝纫机把裁好的连衣裙缝上。因为是第一次做，做工不是很好。

子香穿上连衣裙试了一下，看上去有些肥。子寒把腰上的带子系个蝴蝶结，裙子就显得合身了。

父亲看到子香穿上子寒给做的连衣裙，惊喜地对母亲说："你看！孩子没学过做衣服，自己竟然能做出连衣裙来！"

母亲没说什么，从她的表情可以看出，她也感到意外、高兴。母亲对子寒冷漠的态度在悄悄发生着变化。

对于做饭、养鸡、做衣服、干一点儿农活，子寒觉得还不满足，她还有一桩心事，那就是：是否还去上学？或者是再学些什么知识。

因为子寒从收音机里听到了张海迪的名字。十一岁的子寒被张海迪的事迹深深打动了。首先，她觉得自己比海迪姐姐幸运，自己只是残了一条右腿，还能走路，还学会了骑自行车。其次就是想到，自己是不是也应该再学些知识呢？她也想成为一个对人们有用的人。

可家中除了四年级尚未读完的课本，就只有一些小人书。那些小人书大都是外祖父买给小舅的，小舅不要了，她便把它从姥姥家拿回家来。

小人书的内容很丰富，有古典故事，像《西游记》《水浒传》里的故事。也有解放战争和抗日战争的故事，还有现代的故事和科幻故事。读完自己家的小人书，子寒还会和附近的小伙伴交换小人书看，偶尔也会找父亲要钱，自己去村里的小卖店买上一两本喜欢的小人书。当时就是那些小人书丰富了子寒的生活和思想。

子寒每当偶遇同学上学、放学，都很羡慕她们。如果自己的腿能好了，那该多么好啊！每当想到这里，子寒心中就会有梦想的甜蜜和现实的酸楚两种味道同时翻腾，令子寒有一种想哭的冲动。

能骑自行车了，不怕走远路了，要不要去上学呢？

子寒渴望去上学，可一想到如果去上学就得从四年级重新开始上，当初和自己一个班的同学都比自己高一年级了时，就觉得有些不舒服。再说自己也还是不能上体育课，有人再取笑自己怎么办？

想去上学，又有所顾虑，子寒心里矛盾着，这也成为她的一个不知怎么解决的忧心事。

父母不知道子寒的心事，在他们心里子寒不上学已是不能改变的事实。父亲还说再过两年让子寒去他同学那里学习编织技术。子寒默不作声，没说反对的话。

给鸽子做手术

　　时间一天天过去了，转眼秋收结束，该播种冬小麦了。天气变得早晚有点凉了。

　　这天下午，子寒坐在屋门口给自己做棉裤，因为她知道自己的残腿怕冷，提前准备好棉裤以防天气变冷没穿的。

　　大约在下午4点钟的时候，外出觅食的四五只鸽子回来了，其中有一只鱼鳞斑点的母鸽子，和它一对的那只瓦灰色的公鸽子正在鸽窝里孵蛋。

　　鱼鳞斑点的母鸽子回来后在水盆里喝了些水，便飞进鸽窝替换了正在孵蛋的公鸽子。公鸽子飞上房檐停留了片刻一拍翅膀也飞出去觅食了。

　　公鸽子飞出去没多久，子寒发现在地上水盆喝水的几只鸽子有些异样：它们站立不稳，趴在了地上，难受地挣扎着，翅膀拍打着地面。

　　子寒急忙跑出去看，这时爷爷从外面回来了，子寒急忙问爷爷："爷爷，你看这鸽子是怎么了？"

　　爷爷一把抓起鸽子，看了看说："鸽子吃了拌有农药的麦种了，你看嘴里有白沫吐出。这是谁家把麦种拌多了，用不了倒在了路边，被鸽子吃了。"

"那怎么办？"子寒急切地问。

"如果它们能把嗉子里有毒的粮食甩出来，或许还能活。让它们再喝些水，看能甩出来吗？"爷爷用一只手摸着鸽子胸前的嗉囊说。

已经来不及了，鸽子站立不起来，把嘴放到水里也不喝水。那几只鸽子就那样死了。那只有鱼鳞斑点的母鸽子也没逃过那场劫难，它死在了窝里。

安全起见，爷爷告诉子寒给其他鸽子多喂些粮食，它们吃饱了就不出去觅食了。

傍晚，那只公鸽子觅食回来了，在地上的水盆里喝了水，倚在墙根站着，不往鸽子架上飞。"难道也吃了有毒的麦种了？"子寒自言自语。果然，子寒很容易就抓到了那只鸽子，要不是吃了有毒的粮食，平时可没那么好抓。

难道眼看着这只鸽子也被毒死吗？在子寒的脑海突然冒出一个大胆的想法：给鸽子做手术，把有毒的粮食取出来。

爷爷不在家，子寒找到爷爷的刮胡刀，找了个较细的针，又找了一段干净的白线。

子寒不知从哪本小人书上看到过做手术前要把刀片用火烧一下消毒，于是把刮胡刀放在炉火上烤了一会儿。

子寒左手用力抓住鸽子，右手在鸽子胸前找到嗉囊的位置（用手能摸到嗉囊里有粮食颗粒），然后用刀片轻轻把鸽子的嗉囊割开一个小孔，把嗉囊里的粮食全部挤了出来。平时子寒害怕看到血，当时只想救鸽子，也顾不上害怕了。那只鸽子或许没有力气反抗了，也或许知道子寒在救它，它没做任何反抗。

子寒正准备给鸽子缝合刀口的时候爷爷回来了，他急忙去附近的兽医站要来一段专门缝合伤口的线和针，让子寒给鸽子把刀口缝上。爷爷一边看子寒给鸽子缝刀口一边絮叨："你这孩子真敢做！真敢做！"

做完手术，爷爷帮忙把那只公鸽子轻轻地放到了鸽窝里。

子寒也不知那只公鸽子能否活下来，夜晚一直为那只公鸽子担心。

第二天子寒起床后看到那只做了手术的鸽子还活着——叫它的时候头动了一下，眼睛是亮的，只是趴在窝里不下来，一直到下午的时候它才从鸽窝飞下来，好像饿了要找食吃的样子。子寒急忙给做过手术的鸽子在地上撒一把小米。

当时的气温不冷不热，鸽子的愈合能力也很强，那只公鸽子活下来了，只是身体瘦了些。子寒特别照顾它，不时偷偷给它喂食小米。

只可惜因母鸽子的死亡，那只公鸽子自己没能把那两只蛋孵出小鸽子。

鸽子大概也有感情？或许是碰巧了，在第二年春天的时候那只做了手术的公鸽子居然领回一只鱼鳞斑点的母鸽子，样子和死去的那只母鸽子很像。爷爷养的鸽子也有飞没了的时候，不知从谁家飞来一只鸽子也不足为奇，没人来找，爷爷便把它留下来了。

多年后，子寒回想起自己居然还给鸽子做过手术，觉得自己当时真是天真、胆大。只是在给鸽子做手术的第二年自己便离家去叔叔家了，并且在那里得到了再次上学的机会，忘记去关心那只公鸽子后来怎样了。

贴满蝴蝶的房间

　　给那只鸽子做手术后不久，冬天便到来了，子寒依旧给爷爷包羊肉水饺、烙羊肉饼，帮母亲扒棉花桃、纳鞋底……

　　不知不觉一个冬天又过去了。

　　转眼又过了春节，正月初三那天，子寒自己骑着小自行车和父亲、母亲以及三个妹妹一起去姥姥家拜年了。

　　路上子寒在想：去年，外祖父问自己为什么不上学了……后来给买了一辆小自行车。今年，自己学会了骑自行车，外祖父会不会问自己想不想去上学呢？自己的那些顾虑能否得到解决，能否再次去上学呢？

　　外祖父看到子寒会骑自行车了，很高兴。他提醒子寒要注意车闸是否灵敏，还让子寒骑车不要太快。却没问子寒是否还想上学。

　　下午，从姥姥家回来。子寒心想：既然没人再提让自己上学的事，自己又没有勇气去上学，就不再想上学的事了。等天暖和了，自己就多养些小鸡，再养只小羊，有时间再多认些字，把字写好看些，就那样吧。

　　时间很快到了二月初五——姑姥姥（外祖父的姐姐）的生日，母亲有事忙，她便让子寒自己骑自行车带上礼物去给姑姥姥过生日。

子寒没想到母亲会给自己那样的"任务"，心里很高兴，天天待在家，可以出去呼吸一下新鲜空气了。

　　姑姥姥家和姥姥家住在一个村。由于子寒没去过姑姥姥家，母亲让子寒先去姥姥家，然后和姥姥一起去姑姥姥家。

　　吃完早饭，子寒穿上干净的衣服，带上礼物骑自行车去姥姥家了。一路子寒沐浴着温暖的阳光，迎着柔和的春风，心情特别好：骑着自行车谁能看出自己是残疾人呢？

　　路程不远，没多长时间子寒就来到了姥姥家。姥姥正站在院里的水缸旁往烧水的铁壶里灌水。

　　"姥姥！"子寒一进大门就喊了一声。

　　"你怎么来了？……你一个人来的？"姥姥有些意外，向子寒的身后看了看问。

　　"嗯，我自己来的，我娘说，让我去给姑姥姥过生日。"子寒用清脆的声音回答。

　　"你娘让你去给你姑姥姥过生日？她不去了？"

　　"嗯，她有事不去了。"

　　"呵，你成小大人了！等我收拾完，咱就去。"姥姥笑着说。

　　姥姥步行，子寒慢悠悠地骑着自行车跟着姥姥去了姑姥姥家。

　　姑姥姥家的院子收拾得整洁有序、干干净净，是姑姥姥的儿媳出来迎接子寒和姥姥的。

　　姑姥姥的儿媳已四十多岁了，瘦高的身材，穿着干净整洁，人很朴实。她看到子寒，问姥姥："淑兰（子寒的母亲）呢？她没来？"

　　"她忙，不来了。"姥姥说。

　　这时从屋里传出一个干脆、利落的声音："这个灵透闺女也来了！快进来。"姑姥姥正站在屋门口看着子寒笑眯眯地说。

子寒放好小自行车和姥姥一起进屋去。

姑姥姥已经七十多岁了，还是很干净、利落、神采奕奕，说话面带笑容。她有两个儿子、两个女儿，四个孙子、六个孙女，还有重孙子、重孙女，真是子孙满堂。给她过生日的都是她的子孙们，子寒和姥姥算是客人了。

午饭前，人们都不停地忙碌着，烧水、沏茶，炖菜、炒菜、拌凉菜。子寒算是小孩，只在一边看着。

吃午饭时，把两张饭桌并在一块儿，人们挤着围坐在一起，没人说"寿比南山不老松，福如东海长流水""长命百岁"之类的话。人们在夸姑姥姥身体好：腰不弯、背不驼、耳不聋、眼不花、牙齿不掉，还不停地恭恭敬敬地给姑姥姥夹菜。一切祝福都包含在欢聚一堂的喜庆宴席中了。

午饭后，大人们还要喝茶、聊天。子寒和秀红姐姐（姑姥姥的孙女）去金盛嫂子（姑姥姥的孙媳）家玩。

金盛嫂子家有一个几个月大的小孩，子寒被小孩的枕头吸引了：红色的枕头绣着金黄色的荷花，而荷花的绣法子寒也会，只是用麦穗状花形绣出荷花的轮廓。

子寒想：金盛嫂子真是别具匠心，用简单的绣法就绣出了逼真的荷花。

金盛嫂子家的小孩困了，准备睡觉，秀红姐姐也要去上学，子寒又回到姑姥姥家。姑姥姥问子寒："你嫂子家收拾得挺好吧？"

"挺好的，嫂子绣的小枕头也挺好看的。"

"你是说绣荷花的小枕头吗？"

"嗯。"

姑姥姥笑着说："那是我绣的。想学吗？我教你。"

"姑姥姥，那种麦穗状的花形我会绣。"子寒说。

"这孩子就是灵透。"

　　"不是，那种绣法挺简单的。"子寒有些不好意思。

　　接着姑姥姥像想起了什么，问子寒："你喜欢剪的蝴蝶吗？送你几只。"子寒看到过有的人家墙上贴着大红纸剪的狮子滚绣球；也看到过有的人家结婚在窗户上贴着圆形的大红色剪纸窗花，还没见过剪的蝴蝶是什么样子，诧异地问："蝴蝶？什么样的蝴蝶？"

　　姑姥姥把子寒领进她的房间，打开抽屉，从里面拿出一个旧本子，本子里夹着一些鞋样，还有剪纸蝴蝶。姑姥姥把蝴蝶从本子里拿出来说："你喜欢这些蝴蝶吗？要是喜欢就送给你了。"子寒看了看那些不同形状的蝴蝶，兴奋地说："喜欢，姑姥姥这都是您剪的？"

　　"嗯。这个挺好剪的，一会儿我教你剪。"姑姥姥拿来剪刀和纸教子寒剪蝴蝶，子寒一看便学会了。

　　下午三点多钟，子寒和姥姥离开姑姥姥家。在回家的路上，子寒满足、畅快地骑着自行车。会骑自行车了真好，能代表母亲去给姑姥姥祝寿，还学会了剪蝴蝶。

　　晚饭后，子寒自己又试着剪了几个蝴蝶。她剪着剪着突发奇想：把自己房间的墙上贴满蝴蝶。

　　第二天子寒开始用蝴蝶装饰自己的房间。

　　子寒用自己的零用钱买了十几张白色的糊窗户纸、一张大红纸。

　　她先把炕的周围用白色的贴窗户纸贴起来，再把剪好的红色蝴蝶有序地贴上去。

　　费了一天的工夫，子寒终于把墙上星星点点贴满了不同形状的蝴蝶。小屋变得干净、明亮起来，还增添了几分生气与温馨。

晚上，子寒累了，趴在贴满蝴蝶房间的炕上感觉十分舒适、惬意。想着再过些日子就养一些小鸡……

想着想着不知不觉进入了梦乡。

子寒一人去叔叔家了

又到夏天了，子寒养的小鸡一只只活泼可爱，已住进院子里的鸡笼。那年子寒养了二十多只鸡，比去年增加了一倍。为了防止小鸡乱跑，顺墙根加了一道丝网把小鸡圈在里面。

天气越来越炎热，在屋里坐着什么也不干还出汗。这天父亲和母亲去地里干活儿了，子寒和好了面，擀面条，准备等父亲、母亲回来做凉面吃。

子寒把擀好的一张张面饼切成细条晾在高粱秆缝成的圆形盖垫上。子寒的额头和手臂不停地冒出细碎的汗珠来，子寒不停地用毛巾把汗水擦拭掉，接着擀面条。

面条晾满了一盖垫、两盖垫、三盖垫，面板上也晾满了面条，子寒看着自己擀好的面条，脸上露出满足的微笑，中午家人就能吃上自己擀的滑爽、劲道的面条了。

煮面还早，子寒搬了一个板凳坐在屋门口休息一会儿，顺便把从玲玲那里借来的民间故事拿出来读。

"天真是热，可算到家了！"子寒突然听到像是婶子说话的声音。

的确，话音刚落，婶子就带着子青走进了院子。

听说婶子怀孕了，回家来是为了要偷生下肚里的孩子。

子寒当时还小，不知道大人们是怎么约定的，叔叔、婶子为什么要偷生孩子？

　　直到三十年后，婶子当年生的弟弟已结婚生子。子寒问起母亲："当初为什么要婶子再生一个孩子？只有四个女儿不行，想再要一个儿子吗？"母亲一听，说："谁说是我让你婶子生的，因为你婶子几次怀孕都做了流产，再次怀孕，可是还没办'娃娃证'，按规定不能生。她又不想做流产了，怕以后不能再怀孕，又怕无证怀孕挨罚，你叔和你婶子商量好偷生下那个孩子。当时也不知道是生闺女，还是生小子，说好不管生什么都给咱家抚养。"子寒听了母亲的话才知道原来当初是那样"约定"的。

　　真不知该说什么，父母怎么能轻易就答应给叔叔、婶子养孩子呢？养大一个孩子容易吗？而叔叔、婶子又怎么能把孩子轻易送人呢？他们怎么不想想孩子长大后的感受？

　　有些事情也许分不出什么是与非，都是一些在一定时间该发生的事吧。如果不是婶子回去生孩子，子寒还去不了叔叔家，也没有再次上学的机会呢！

　　婶子带子青回去后，子香搬到母亲那边去住了。子寒没去，同婶子、子青依然住在自己贴满蝴蝶的房间里。

　　十二周岁的子寒身高1.5米多，做饭、洗衣都行。一天早饭后，婶子对子寒说："燕青，你去给你叔叔做饭吧。"

　　子寒看了看婶子，说："我？去给叔叔做饭？……我不想去。"

　　"干吗不去？别光在家里憋着，也出去见识见识外面的世界。"婶子在劝说子寒。

　　"我的鸡怎么办？"

　　"鸡不会被饿着，会有人管的，你放心去就行。"婶子笑着说。

"我还是不想去。"子寒执拗着。

"为什么不去？你这孩子这么大了光在家待着，不烦啊？"

婶子又去找子寒的父母："嫂子、哥，让燕青去给她叔叔做饭吧，她叔就一个人在家。让孩子也出去见识见识。"

父母觉得可以让子寒去给叔叔做饭，顺便让她出去锻炼一下，爽快地答应了。

子寒本不想去给叔叔做饭，可婶子执意让她去，父母也答应了，子寒只好去。

正值放暑假的时候，大姑家的小表哥也来了。往年暑假，大表哥和小表哥一起来，那年，大表哥大学毕业分到北京医院上班了，不能再来，就只有小表哥来了。

那也是小表哥最后一次去农村的姥姥家过暑假。暑假结束小表哥该读高二了，第二年的那个暑假他没再去，又转过年来的暑假小表哥高中毕业后便上班了，也就没有时间去姥姥家住了。

父亲、母亲打算等小表哥回去的时候，让小表哥带上子寒一起走。

在去叔叔家前，婶子去供销社给子寒买了两块好看的布料，让子寒带上叫大姑给做成衣服，算是子寒去给叔叔做饭的奖励。

大表哥和小表哥一起来过暑假的时候，会住上十天半月才回去。那年，小表哥只住了两天就要回去了。

那天早上，父亲把子寒和小表哥送上了去德州的公共汽车。

子寒第一次离开从小生长的家乡，离开父母，离开爷爷去了叔叔家。

一路上，子寒透过车窗观看着窗外的景物，仿佛是要记住这条回家的路。

第一次有那么多新衣服

经过一个多小时的颠簸到了德州汽车站，小表哥背着黑色背包，子寒提着包有自己衣服的绿格子小包袱从汽车上下来。下车后，小表哥又带子寒去乘坐市内公交车。

大街上人来车往，首先，吸引子寒的是这里的成年女人也穿裙子，有穿半身裙的，也有穿连衣裙的，她们的脚上还穿着漂亮的高跟凉鞋或皮鞋，走在马路上发出清晰有节奏的踩踏声，这在当时的农村是少见的。尽管子寒在电影上和小人书上看到过那样的女子，现实生活中看到，心弦还是被拨动。

其次，子寒走习惯了坑洼不平的土路，乍一走在平坦的马路上，脚有点不适应，心中也若有所失，好像是少了些趣味。

耸立的楼房、宽敞的街道，告诉子寒她已置身于城市。

小表哥帮子寒拿着包裹走在前面，他不知道子寒的心理感受，他怕把子寒丢了，不时回头看一眼子寒。

子寒跟随小表哥来到一个公交车站牌前停下，那里已有六七个等车的人。子寒按在腿上的右臂有些酸痛，还没休息过来，一辆公交车伴随刹车声就停在了站牌前的马路上，小表哥急忙先上车占了一个座位，等子寒上车后让子寒坐下。小表哥没座位了，站在公交车的过道上，手抓住头顶的横杆，保持身体平衡。

大姑家是公交车的最后一站。经过两个站牌后，公交车上的人少了些，小表哥在离子寒不远的一个座位坐下。

汽车渐渐远离了闹市区，路上的行人、车辆在减少。汽车转了个弯，子寒透过车窗看到路边出现了长有芦苇的水沟。

可能连续坐车时间长的缘故，子寒被汽油味熏得有些晕车，胃里的东西直往上涌，她紧闭嘴巴。小表哥看到子寒有些想吐，急忙说："马上就到家了，一会儿就下车。"

果然，不一会儿，公交车停下了。

子寒从车上下来，没有了汽油味，又有微风吹过，子寒感觉舒服了些。

小表哥带着子寒朝着一个大院走去，大院里面有平房也有两层的楼房，大姑家住楼房。

大表哥大学毕业后去北京医院上班了，只剩表姐和小表哥住在家中。

大姑最初是国棉厂的一名纺织工人，工作很累，后来调到肉联厂，当了一名保管员，工作清闲了许多。

大姑中等身高，身材丰满，浓黑的眉毛，大大的眼睛，说话很严厉，可手很巧，做衣服、织毛衣样样行，而且做活儿又快又平整。

姑父在铁路派出所上班，大约 1.8 米的身高，身材魁伟，皮肤黝黑，眼睛不大，说话语气缓慢温和。

表姐身高大约 1.6 米，长着一双漂亮的大眼睛，她刚刚参加工作，在房管局上班。

大姑家住在肉联厂宿舍的一座两层楼的一楼。子寒和小表哥到家时大姑也在家。听说子寒是来给叔叔做饭的，大姑没说什么。

姑父和表姐中午都不回来。天气炎热，午餐大姑给子寒和小表哥做了凉面吃。

午休醒来，大姑没让子寒去叔叔家，她要带子寒上街去买衣服。

子寒说婶子已给买了两块布料，不去了。

大姑说："那两块布料留着以后做（衣服），咱去买现成的衣服去，买回来就能穿。"

子寒拗不过大姑，和大姑一起坐公交车去了百货大楼。这次子寒坐在车窗边，没有晕车。

骄阳似火烘烤着大地，子寒和大姑从公交车上下来，只觉得热浪扑面而来，一会儿浑身冒出汗水来。

百货大楼内无数个吊扇旋转着，子寒跟随大姑走进了百货大楼，因身上有汗，在吊扇的风吹下，倍感凉爽。子寒家乡的供销社里是没有电风扇的，进入商场里面，子寒觉得自己一下子从炎夏进入了凉秋，那感觉爽快、舒服。

子寒第一次去那么大的商场，一眼看不到尽头。商品品种齐全、分类整齐摆放，琳琅满目，子寒看得都有些眼花缭乱了。

在二楼的服装区，大姑停下脚步，衣服的款式、花样繁多。大姑给子寒挑了一件淡天蓝色的领口、袖口带荷叶花边的漂亮上衣。子寒第一次拥有这么洋气的衣服，都有些不相信这是真的。

大姑又给子寒买了两个背心、两条蓝裤子和一双偏带布鞋。买鞋的时候子寒想买一双黑色的平绒布鞋。大姑说子寒还小，黑色的老气，给子寒买了一双紫红色带小黑点的条绒布鞋。子寒虽然觉得有点鲜艳了，还是接受了大姑的选择。

大姑给买了成衣，婶子给买了布料，子寒第一次一下子拥有了那么多新衣服。

这里的人们很热情

晚上子寒住在了大姑家。姑父值班没有回来，子寒和大姑同住。

第二天早饭后，子寒要去叔叔家了。本来大姑说留子寒再住两天，子寒说是来给叔叔做饭的，就不在大姑家住了，以后有时间再来玩。

临走的时候，大姑让子寒把婶子买的两块布料留下，等她有时间给做成衣服。

大姑不会骑自行车，她对正在家过暑假的小表哥说："二虎，我不会骑车子，你把妹妹送到你小舅家去吧。"

小表哥骑着自行车带着子寒，两人一路都不说话。12 周岁独自离开家乡的子寒心里有一种说不出的孤单感，她不知道那里陌生的人们会怎样对待她。

本来大姑还担心叔叔不在家，可恰巧叔叔清晨去卖菜刚好回来，待在家中。

小表哥把子寒送到叔叔家便回去了。

叔叔家有四间北房是土坯的，是叔叔结婚时盖的。还有两间东房是砖的，是结婚以后盖的。叔叔家没有大门，也没有院墙，和他西边邻居家的院子是连通的。在北房的东窗下种了一棵石榴树，在院子的东边有一棵枣树，南边有几棵杨树。院子的西南角是猪圈和厕所。

叔叔家和大姑家只隔着二三里路，就有明显的城市和农村的区别。叔叔家的院子和农村的院子没什么两样。只是叔叔家有一台黑白电视和一个电风扇，那是子寒家所没有的。叔叔让子寒住在西里屋，还给子寒买了个新蚊帐。

叔叔去菜园干活儿了。子寒在家打扫房间，清扫院子。

西边邻居家的慈祥的奶奶看子寒在清扫院子，她拄着板凳（腿摔伤了，只能拄着板凳走路）过来和子寒说话了；前院的大娘听到说话声也来了；后院的婶子抱着小孩路过也走过来。

她们有的问子寒："今年多大了？叫什么名字？"有的问子寒："你婶子在老家干什么，怎么没回来？"

子寒一一回答。当她们听说子寒是来给叔叔做饭时，还夸子寒："年纪不大就会做饭，真行！""看人家这孩子！才多大就来给她叔叔做饭，像她这么大的孩子有的还让家长照顾呢！"

子寒听了，腼腆地笑了。

子寒没想到那么容易就和周围的邻居认识了，每次见面都打招呼。

一天中午，子寒正在东屋炒菜，菜的气味从窗户飘出。前院的大娘和她的女儿正好从院子里路过，闻到了菜的香味，走到窗前对子寒说："在炒菜呢，真香，一闻这味，就知道菜好吃。"子寒仍然不好意思地笑了笑。

前院大娘的女儿比子寒年龄小些，一双漂亮的大眼睛闪烁着单纯、友好的光，她的名字叫林晓静。因为离得近，林晓静每天都来找子寒玩。从谈话中得知：林晓静的爸爸在医院上班，妈妈身体不好待在家，她还有一个哥哥该上初中了。暑假结束，林晓静说她该上四年级了。

提到上学，又触及子寒的伤感处：要不是腿不好，自己也不会辍学。

林晓静偶然问子寒："你上过学吗？"

"上过呀！"子寒先是一愣，然后急忙回答。

林晓静歪着脑袋不解地问："现在怎么不上（学）了？"

子寒低垂下头，小声说："是我自己不想上学了。"

"为什么？是因为你的腿吗？"没想到林晓静直接猜中了原因。

"嗯，是。"子寒只好承认，不好意思地笑了笑。

林晓静班上没有残疾人，她也不知道子寒还该不该上学，便不再提上学的事。她对子寒说："我妈说你长得挺好看的！可惜就是腿不好。"

子寒听了再次笑了笑。以后林晓静来找子寒玩，再也不提上学的事。

子寒没想到那么快就和周围的人熟悉、来往了，那里的人们很热情，可能因为子寒也是个勤劳、可爱的孩子，也不讨人嫌吧。

重回学校

暑假即将结束了，林晓静就要去上学了。子寒的心情有些难过，自己要是也能去上学该多好啊！

一天晚饭后，姑父来到叔叔家，婶子的弟弟托姑父给找份工作，姑父是来说那件事的。子寒来到德州是第一次见到姑父——那个身材魁梧、皮肤黝黑、慈祥又有些严肃的铁路警察。

子寒大概在上二年级的时候见过姑父一次，几年不见都有些认不出了，是叔叔告诉子寒那是姑父。

子寒正在洗碗，姑父坐下后问子寒："在这儿住得习惯吗？"

子寒说："还好，和周围的人都熟悉了。"

姑父很注重孩子上学的事，他语重心长地对子寒说："像你这个年龄的孩子应该去上学，没文化，在将来的社会是不行的。尤其是你，腿不好，更应该去上学。"

子寒同意姑父说的话，点了点头，然后低下头，不再说话。

"想去上学吗？"姑父问子寒。

子寒没想到姑父会问那样的话，抬头看了看姑父，说："想。"

"那就让你叔叔给你去找学校，在这里上学吧。"姑父毫不犹豫地说。

姑父的话令子寒惊讶：真的能在这里上学吗？她不由看了看叔

叔。

叔叔表情平淡地说："看我干吗？想去，我明天去问一问宋老师。"

子寒听了，心跳在加速，自从学会骑自行车，子寒就想去上学了，可又担心以前的同学笑话自己比她们上的年级低，在这里上学，那个问题就不存在了。可不能上体育课怎么办？

子寒看了看姑父和叔叔，语气低沉地说："我，不能上体育课……"

"不能上就不上，咱为的是学习文化知识。"姑父温和地说。

"那……我去上学。"子寒听了姑父的话后，做出了决定。

听了子寒的回答，姑父和叔叔相互看了看，然后姑父对叔叔说："明天去找这里的老师，问问上学的事吧。"

叔叔点头说："行，我明天去找宋老师。"

此时，子青也进入老家的小学上学了，和子秋、子香、子夏就读同一所小学。

叔叔在郊区的这个小村落户八九年了，婶子是这里土生土长的。叔叔这些年也认识了不少人，第二天他去找了村小学的负责人宋老师。

宋老师是一位四十岁左右的女老师，她身材瘦小，教学多年，是一位公办老师。

叔叔去宋老师家见的她，说了子寒要去上学的事，并且还对宋老师说："二嫂子（宋老师的丈夫是老二，因此叔叔叫宋老师'二嫂子'），我侄女挺聪明的，学习成绩您不用担心，上学后会考第一的。"

宋老师听了叔叔的话笑了，半信半疑地说："学习能有那么好吗？"

叔叔肯定地说："能，我还能骗您吗！"

宋老师说："不管能不能考第一，9月1号开学，你就让她去上学吧，孩子哪能不上学呢！"

叔叔还真是想得周全，又向宋老师说了子寒腿不好的事，希望宋老师能告诉同学们不要笑话子寒。

宋老师也答应了。她告诉叔叔让子寒9月1日下午去上学。

叔叔回家告诉子寒：宋老师已经答应让她去上学了。

子寒兴奋得心突突乱跳，没想到自己又能上学了！高兴之余，子寒还是有所担心，担心新同学会取笑她的腿，会取笑她不能上体育课。

但子寒已不是两年前的子寒，她知道那是自己应面对的现实，要想学习知识就不能顾虑太多。

村小学和子寒叔叔家只隔着一个池塘，绕过池塘就到了。子寒来的时候没带自行车，要走路去上学，幸好学校离得不远。

那时，子寒已是用手按在膝盖上方帮着腿支撑着身体走路，不像以前那么容易摔跟头。叔叔鼓励子寒，试图让她不用手按在腿上走路，子寒尝试了几次都不行，那条残腿已支撑不住身体了。

9月1日下午，子寒和林晓静一起去了学校。辍学两年后，子寒又成为一名学生。

喜欢这所学校

那所村小学不大，没有大门，北边是一个小工厂，东边是一条水沟，沟两旁生长着茂盛、挺拔的杨树，南边是住户，西边有一条小路。老师、同学都从西边进入学校。

学校有两排房，分别在学校的北边和南边。中间的空地是下课游戏和做操的场所。学校只到四年级，五年级要到别的学校去读。每个年级也只有一个班。

子寒是在四年级开始不上学的，她要从四年级读起。

四年级的教室虽然不大，但是很明亮。教室的南边有两个大窗户，北边有一个窗户和一个门。学生不多，加上子寒才二十二人，两个同学一张课桌、一条板凳。男生和男生同桌，女生和女生同桌。

宋老师让子寒和魏春红同桌。魏春红是个细高个儿，自然卷曲的头发，扎了两条辫子，眼睛不大，双眼皮，高鼻梁，嘴有点大，牙齿白而整齐，薄嘴唇，看上去挺漂亮，也很洋气。

开学第一天，子寒穿了大姑在百货大楼给买的那件淡天蓝色的带荷叶花边的漂亮上衣。魏春红也穿了一件和子寒上衣款式一模一样的上衣，只是魏春红的那件是粉红色的。

两个人一见面，就因衣服的款式相同交谈起来。魏春红问子寒："你这件衣服是从哪里买的？和我的这件样式一模一样。"

子寒看了一下魏春红的上衣，回答："是从百货大楼买的，是我大姑给我买的，你的呢，从哪儿买的？"

"我的好像也是在大楼（百货大楼）买的，是我妈给买的，我没去。"

"是这样啊。"

"你家在哪儿？怎么到这里来上学了？"

"我家是夏津的，我是来我姊子家，我姊子家在这里。"

"那你家还有什么人？"

"有我爸爸、妈妈，三个妹妹和爷爷。你家呢？"入乡随俗，子寒把爹、娘称为爸爸、妈妈来回答。

"我也有爸爸、妈妈，还有一个妹妹和一对双胞胎弟弟。你爸爸种地吗？"

"我爸爸当会计，有时也帮妈妈种地。你爸爸干什么？"

魏春红还没回答，坐在子寒后面的一个高大、率直的男生抢着说："她爸爸是开大货车的，挣钱多，她才爱显摆。"

魏春红白了男生一眼，生气地说："一边去！谁跟你说话了？"

"本来你就爱显摆，还不让说吗？"男生不服气地说。

"你……"魏春红涨红了脸想用课本去打那个男生，上课铃响了。同学们都坐到自己的座位上，不再说话。

后来，子寒才知道那个男生叫卜文强，和他妹妹卜文敏同在一个班上学。

子寒发到了课本，她手捧着墨香四溢的课本，心里有说不出的高兴。能有再次上学的机会，子寒很珍惜，她认真地听老师讲的每一句话。

下课了，有个瘦高的男生冲子寒走过来，他一本正经地问子寒："你住在哪儿？我以前怎么没见过你？"

没等子寒回答，坐在前排的林晓静就说："她老家是夏津的，住在我家后院，她在她婶子家住。"

那个瘦高个男生没理林晓静，又冲子寒说："才来不久吧？要不我以前怎么没见过你！"看他的样子，听他的口气，好像全村人都认识似的。

子寒点点头说："是，暑假才来的。"

那个男生没再说什么，走开了。

在放学的路上，林晓静告诉子寒："你知道吗？在你去学校前，宋老师已告诉同学们：'我们班要来一个新同学，她的腿不好，大家不能笑话她，还要帮助她，我相信同学们这点美德还是有的。'同学们真的不错吧？没一个人笑话你。"

子寒听后非常感动，怪不得宋老师让自己下午去上学，是为了提前告诉同学不要笑话自己。子寒感谢不歧视残疾人、有爱心的宋老师，也感谢那些有美德的同学。子寒从内心喜欢上那所小学校了。

第二天早上，子寒和叔叔正在吃早饭，天热，屋门敞开着，院子里传来脚步声。子寒向外望去，是昨天问她"哪里来的"的那个高个男生和另一个身体敦实、面容俊秀的男生正从院子里穿过，他们也看到了正在吃早饭的子寒，然后跑开了。他们大概是来证实一下子寒是不是住这里吧，多可爱的同学。

班上大多数同学家庭美满幸福，只有一个叫夏志勇的男同学家庭条件较差，他没有妈妈了，爸爸还患有精神病。他也住在他婶子家。同学们都知道他婶子对他不好，除了让他干这干那，对他的态度也不好。

夏志勇个子较高，长得一副憨厚的样子，大眼睛，方脸，不善言辞。他学习成绩也不太好。打扮漂亮、长相洋气的魏春红是他的前桌同学，有时她会帮助夏志勇解答不会的题。魏春红有点虚荣，但还是很善良的。其他同学们也没人看不起夏志勇，都很同情他。

班上还有个叫于家林的留级的瘦高个男生，听说他家姐妹不少，他是家中唯一的男孩，或者是家人溺爱的缘故，也或者是他自身修养不好，有些爱说脏话，为一点儿小事就想动手打架，听说他还练过武术，同学们一般都不理他。

上学后不久，魏春红的好友方爱英也和子寒成为好朋友，方爱英瓜子脸，长发，腰细臀胖，她有一种朴素的美。子寒和方爱英的友情保持了很多年，成年后一直来往，一直到老。

方爱英学习成绩不太好，可她擅长绘画、唱歌，歌声悦耳动人。学校没有专业的音乐老师，老师就让方爱英教同学唱歌。《少年，少年祖国的春天》就是方爱英教唱的，那是子寒所会不多的歌曲之一，直到成年每次听到那首歌曲都会勾起对童年往事的回忆。

子寒洗衣、做饭都得干，那并不影响她的学习。课本上的题，她没有不会的，同学有不会的题问她，她也会高兴、认真地告诉同学。

在这个学校，子寒犹如一棵幼苗，又开始吸收着知识的营养，逐渐地生长着。书中的优秀人物也是她学习的榜样。

难忘那个冬天

夜穿池塘

进入冬天后，天气一天比一天变得寒冷，直到同学们的手冻得快抓不住笔了，教室里点上了煤炉。由于他们已是四年级的学生了，宋老师决定把炉子交给同学照看。

轮到哪组值日，哪组的同学就负责照看炉子。负责照看炉子的同学，晚饭后还要去学校给炉子加些煤，把炉子封好，使煤能燃烧到第二天。

子寒也和同学一起值日，轮到子寒去封炉子的时候，魏春红、宫爱秀、林晓静都来找子寒，然后一起去学校封炉子。

子寒叔叔家和学校隔着的那个池塘，在严寒的冬天结冰了。有同学提议：从冰上穿过池塘去学校，那样近些。白天子寒和同学都看到有大人曾从冰面上走过，觉得可以安全通过，同学们一致同意了。

为了安全，同学们不敢贸然下到冰面上，一个胆子大些的同学慢慢下到池塘边的冰面上，用力跺了跺脚，冰面没任何反应。同学们都觉得冰够厚，可以通过，便一个个陆续下去，开始向前走。

天不是很黑，岸边的树木模糊可见。皎洁、清冷的月光洒在池塘的冰面上，同学们蹑手蹑脚地向前走着，心里还是害怕冰面会塌陷。走着走着子寒的残腿一下没站稳，重重地摔倒在冰上，把同学们吓了一跳，还以为子寒掉下去了。子寒自己也吓了一跳，生怕自己重重一摔砸破冰面。同学们都惊恐地问："你没事吧？""子寒没事吧？"

子寒顾不上疼痛急忙站起来，不好意思地说："没事。"

"吓死我了，还以为你掉下……"不知谁想说以为子寒掉下水去了。

"不会的，白天还看到有大人在上面走过呢！"林晓静打断了那个同学的话。

林晓静拿了手电筒，她把手电筒贴近冰面往下照，试图看看冰层有多厚，可能是手电筒的光太弱，或冰太厚，看不清冰层有多厚。有同学说退回去，绕道去学校。可同学们向前看看，又向后望望，发现正站在池塘的中央，进退的距离差不多。

宫爱秀不知想起了什么，似认真又似开玩笑地说了句："下面不会有鱼精吧？"

魏春红吸了口气说："别吓人了！怎么会有鱼精呢！年年捕鱼，大鱼都被捕上来了。"

秋天子寒也看到过捕鱼的场景，里面确实有大鱼，但没有太大的。子寒本来就怕水，宫爱秀的话，使子寒又想起小时候奶奶说的水里有水鬼的事，她好像感觉到了脚下的水在流动，大脑的紧张传递到脚上，脚有点儿发软了，真想一步跨出池塘。

林晓静说："你们别说了，咱还是快点儿离开这里吧。"

同学们选择朝着学校方向的岸边走去。

同学们小心翼翼、轻手轻脚地向前走，一步、两步、三步……脚终于踩到了岸上。子寒提着的心放下来，脚也感觉有了力量。

经历了一次冒险，同学们都说：以后绕远也不走冰上了，那才是一条有安全保证的路。

烤玉米

因为教室点上了炉子，不知从什么时候开始，有同学把家里的玉米拿来，中午提前去学校在炉子上烤酥了吃。开始一个同学拿玉米去烤，烤熟的玉米几个同学一分就吃完了。后来几个同学都拿玉米去烤，整个班的同学都能吃到烤玉米，上课的时候教室里还弥漫着烤玉米的香气。

开始还好好烤，好好吃，老师没管。后来，由于拿去的玉米多，烤不完就到上课时间了，几个调皮的男生就用玉米粒互相投掷，你跑我追，玉米粒横飞，不一会儿玉米粒就在不怎么大的教室的地上到处可见。

宋老师来上课的时候，发现了地上的玉米粒。她严肃地问："这都是谁扔的玉米？"

同学们都不作声。宋老师看了看教室里的每一位同学，缓和了语气说："你们课间烤玉米吃，没影响学习，我就没管。可是把玉米这样到处乱扔，你们自己说对不对？这都是父母辛苦种出来的，能这么糟蹋吗？"

听了宋老师的话，投掷玉米的同学低下了头，好像知道自己错了。宋老师声音不大，像是用命令的语气说："下课后，把地上的玉米捡起来。以后，不准拿玉米来烤了。"

下课后，投掷玉米粒的调皮男生开始捡地上的玉米粒。大概是捡玉米粒的同学的真诚改错的态度打动了另外的同学，有几个女生也帮着一起捡起地上的玉米粒。课间休息还没结束，地上的玉米粒就被全部捡了起来。以后没人再拿玉米来烤了。

夜晚作伴

冬天，叔叔的菜园没活儿了，他要回老家去住些日子。以前，叔叔也回过几次老家，是姥姥（婶子的母亲）或表姐来给子寒做伴的。这次有同学说来给子寒做伴，子寒便没去叫姥姥或表姐。

晚饭后，离子寒叔叔家较近的林晓静、林晓霞、宫爱秀都来给子寒做伴，林晓静的妈妈也来了，她叮嘱子寒她们把窗户关紧，把门锁好。

把门锁好，又堵上凳子，又检查了窗户的插销是否插好，直到觉得安全了，四个人才开始写作业。

写完作业，四个人挤在烧热的炕上一起睡，屋外有风吹草动都能听见，互相壮胆，才不害怕。

同学间没有任何嫌隙、猜忌的日子是多么难得又难忘。

在那所小学校，子寒没因是残疾人而生活得不快乐，这得感谢那里的老师和同学，是他们以健康、美好的心态接受了子寒。而子寒也以自己的勤奋、好学、诚心待人赢得了别人的尊重。

对子寒来说那是人生中的一个值得怀念的、一生都难忘记的充满温情的暖冬。

回家过年

　　四年级上学期结束了，期末考试子寒在班上得了第一名。

　　期中考试子寒没能得第一，叔叔批评子寒没好好学习，这次得了第一，子寒想如果叔叔知道了也会高兴的。

　　放学后，子寒高高兴兴回到家，屋门没锁，进屋后看到炉火上坐着锅，叔叔却并不在家。叔叔应该没走，远炉子上还坐着锅呢。

　　子寒正猜测着：叔叔能去哪儿？屋门一声轻响，叔叔回来了。子寒刚想告诉叔叔这次考试得了第一："叔叔，这次考试我得了第……"

　　"我已经知道了。"叔叔打断子寒的话说，没看出他脸上有高兴的表情。

　　"你怎么知道的？"子寒不解地问。

　　"我刚才去小秀（宫爱秀）家了，小秀回家说的。"

　　原来叔叔是听宫爱秀说的。宫爱秀的妈妈是村里的医生，诊所就在路边，经常有人去她那里看病或者玩。

　　宫爱秀考得也不错，是第二名。她一回到家，她父母就问她考试的情况，她便说子寒在班上考了第一。

　　既然叔叔知道了，子寒就不用再说了。

　　此时子寒的心情是兴奋的，本来是来给叔叔做饭的，却意想不到又重新上学了，而且还得了第一！心里怎能不兴奋呢？她想早点儿回家，把自己得第一的事告诉父母。她不是想炫耀自己的成绩，而是想让家人高兴。

子寒迫不及待地问叔叔："我已经放寒假了。咱们什么时候回老家？"

"咱们后天回去，上次我回家的时候跟你爹说好了，后天回去，他去车站接咱们。"叔叔说。

子寒正和叔叔说话，林晓静的妈妈来了。她一进门就对叔叔说："你这侄女真行！在家干这么多活，还能考第一。"叔叔笑了笑没说什么。

叔叔住的村子不大，子寒同学的家长大多数知道了：今年得第一的是个叫周子寒的外来的残疾女孩。认识叔叔的人见到叔叔就会说："你侄女学习成绩真好！"

子寒听到别人对自己的夸赞，心里很安慰，觉得自己没有辜负再次上学的机会。

从暑假就来叔叔家了，一直没回去过。1984年是闰十月，1985年的春节已是公历2月20日了。屈指算来子寒来叔叔家已有7个多月了。

人在叔叔家，子寒的心早已"飞"回自己的家了。子寒期盼着后天赶紧到来，后天就能回家了。

那天一大早，子寒和叔叔就去了汽车站。

子寒和叔叔终于坐上了回家的公共汽车。坐在叔叔旁边的人在跟叔叔说话，那人问叔叔："你是哪里的（人）？"

"籍贯夏津周村。"叔叔回答。

"你是周村的，我家离那儿不远……"

叔叔和那人聊起天来。

"夏津周村"，子寒听着那名字都觉得亲切、温暖。

汽车终于启动了，慢慢驶出汽车站。子寒一路不说话，眼睛不时望向车窗外。汽车离开市区，穿过一座大桥，行驶在乡村田野的公路上，又穿过了两个小桥、几个村庄，汽车驶进了离家不远的 W 县城的汽车站。

下车了，叔叔提着年货，子寒挎着包袱来到汽车站外。子寒从迎面吹来的还略有些冷冽的风中感受到了家乡的气息。子寒的父亲正赶着牛车在路边等子寒和叔叔。子寒看到父亲急忙问："爹，您早就来了？"

"我也刚来。"父亲一边回答，一边接过子寒的包袱把子寒扶上车。叔叔也坐上车，父亲坐在前面赶着牛。

叔叔告诉父亲："燕青这次考了第一名。"

父亲听后笑着说："没想到这姐妹四人上学都不错！……子秋今年得了第二名，子香和子夏并列第一……子青考得也不错！"

子寒听说妹妹们也都考得不错，心里高兴，为她们取得好成绩感到骄傲。

牛车在乡间的小公路上向前行驶着，不断发出牛蹄踩踏地面"啪哒、啪哒……"的声响。

父亲和叔叔谈起买年货的事。叔叔说："我带回来一个猪头和一些猪蹄。"父亲说："我买了二十斤肉了，够咱一家人吃了。"

父亲和叔叔不时谈论着家常，子寒有点冷，盼着赶紧到家，当牛车驶进生活了十几年的村庄时，子寒看哪儿都那么亲切、温暖：拴在木桩上的黄牛、堆在院外的柴垛，那池塘、胡同。

子寒深深呼吸了一口家乡的空气，还是那熟悉的味道：纯朴、温暖。家乡的空气似乎也认识子寒，它欢快地流动着，抚摸子寒的脸，吹起子寒的秀发。

爷爷看子寒回来了，没说什么，走到黑色的两屉桌前，打开抽屉，从里面拿出一个用纸层层包裹着的圆形的东西递给子寒。

子寒把包裹的纸层层打开，看到里面是一个月饼。中秋过去好几个月了，月饼已变得十分干硬，都难以咬动了，吃起来却真的很香甜。爷爷居然还给自己留着中秋节时的月饼，让子寒十分感动。爷爷自己喜欢吃好东西，也以留好吃的方式爱着孩子们。

母亲正在忙过年的事，子寒又成了母亲的好帮手，帮着烧火、剁馅……

叔叔和婶子也忙着炖猪头和猪蹄，屋里屋外都飘着肉香。因为是过年，如果孩子们愿意吃，每个人是可以吃一整只猪蹄的，子寒自己就吃了一整只刚煮好的猪蹄，美食也让她心里充满了幸福感。

因为又上学了，还得了第一名，这个年子寒过得格外开心。

记得有个男孩叫"子涵"

和往年一样，正月初三，一家人一起去姥姥家拜年。子寒自己骑着自行车，父母依旧带着三个妹妹。

子寒穿着大姑给做的黑地小红点立领上衣，剪着整齐的学生头，大眼睛、长睫毛、皮肤白皙，看上去文静、大方。

路上遇上同村的两个大姐姐，以前，她们去上中学路过子寒家门口，经常会碰到子寒。一个姐姐指着子寒对另一个姐姐说："你看！她长得越来越好看了。"

另一个姐姐看了一眼子寒，笑着点点头："嗯。她好像电影里的谁？这么漂亮！"

我真的漂亮吗？子寒看了看那两个姐姐。那两个姐姐笑着走开了。

到姥姥家时，对门的姥姥正好出来，看到了子寒也说："这闺女，越长越俊了。"

爱美之心，人皆有之吧。听到别人夸自己长得漂亮，子寒心里美滋滋的。可一想到腿，子寒的心就一凉：我能算长得漂亮的人吗？

到姥姥家后，妹妹们和大姨家的妹妹、弟弟一起去玩了。姥姥、母亲、大姨、小姨她们做饭，子寒闲着没事做，便到姥姥家院外去看昔日曾给自己留下特别记忆的池塘。

子寒六七岁的时候，每年会来姥姥家住两日。

姥姥家院子的南边有个大池塘，池塘的东南边长满芦苇。西北边没有芦苇，岸边是树木和人家。在池塘北部的东边，有一块儿像孤岛的接近长方形的土地，大约有一个院子那么大，池塘中水最多的时候，也淹没不了它，当地人称它"王八盖儿"，意思是说像甲鱼浮在水中露出的背甲。

"王八盖儿"上长满了树，在池塘水少的时候，人们就能登上"王八盖儿"，但很少有人上去。子寒小时候觉得"王八盖儿"是个特别的地方，水少的时候，她便爬到"王八盖"上去看看，上面除了树木，还有杂草。子寒刚上去的时候觉得新鲜好玩，过一会儿便觉得有些寂寥了。她刚想下去的时候，姥姥发现她不在家，也出来找她了。姥姥远远看到子寒就大声说："去那里干吗？有蚂蚁会叮人！快下来。"

子寒才看到树上真的有蚂蚁在爬，是一种比较大的蚂蚁，身体是透红的颜色。她急忙从"王八盖儿"上下来，以后再也没去过。

那时池塘中有不少鱼。有一年夏天，子寒住在姥姥家，好像是因为天气闷热的缘故，好多鱼浮上水面。子寒看到有很多人在池塘里捉鱼，有大人，也有少年，有的拿着盆，有的提着桶，男男女女，池塘边一片喧闹声，有的人穿着裤衩拿着网下到池塘去捞，有的人挽起裤腿拿着网抄子在边上捞，也有人徒手去抓。人们大都捉到了鱼。

到了晚上，子寒睡不着，夜深人静，池塘离得又近，子寒仿佛听到池塘里的鱼跃声，那水声分明就是一条大鱼跃出水面，又落回水中的声音。子寒看过电影《追鱼》，她总觉得池塘的水面上也有鱼精变的美女。

天气闷热，子寒有些口渴了，她自己不敢去喝水，也不好意思叫醒熟睡的姥姥和小姨。越是口渴，还偏偏听到院子里水缸旁的梧桐树叶上的露珠滴入水缸的水里的声响，子寒感觉更加口渴了。

不知过了多久，子寒忍着口渴睡着了。

等子寒再次醒来的时候，天已经亮了，姥姥正在做早饭。子寒急忙穿上衣服，来不及喝水，就跑出去看池塘中有没有大鱼在游。

看了一会儿，结果什么也没看到，只有平静的池塘水倒映着树的影子，不时泛起层层微波，子寒有些失望，她想鱼大概藏到水下去了。

子寒回忆起找鱼的事，为自己的天真忍俊不禁。当看到现在的池塘已几乎干涸，"王八盖儿"北边的池塘也被用土填平，"王八盖儿"上的树木已经被砍伐了，上面有一摞一摞的新砖，大概是要在上面修房子了。子寒不免有些若有所失。

当子寒的目光望向池塘的西南边时，她想起在那边有个男孩叫张子涵。

那是子寒住姥姥家的时候，有一次站在姥姥家院子外边玩，听到有一个男孩在喊"子寒（涵）"，子寒以为是叫自己，向着喊声望去，却有一个男孩答应一声跑了过去，和喊"子涵（寒）"的另一个男孩走了。那是子寒第一次见到和自己同名的人。

子寒把有人和自己同名的事告诉母亲。母亲不在意地说那个男孩姓张，他姥姥家和子寒姥姥家住一个胡同，离得很近。那个男孩名字的"涵"字和子寒的"寒"不是一个字，只是同音。

汉字真是丰富有趣，不同字却同音，促成了同音字的人名，不写出来只说出来，就不知道是在叫谁，就像"子寒（涵）"。

从此子寒一想到和自己同音字名字的男孩，心中就会有一种莫名的亲切感。

子寒的腿站得有些累了，她回到姥姥的屋里，坐在热炕上。姥姥家的客人已满桌了，有亲戚也有外祖父的朋友、同事，只是男人就挤满了冲屋门口的八仙桌。子寒姐妹四人和大姨家的妹妹、弟弟就在姥姥家的炕上放了小饭桌吃午饭。整个房间充满饭菜的香气以及男人们你一言我一语高高低低的说话声。

　　午饭后，子寒在姥姥家待着没事做，便准备回家，外祖父叫住了她，把她带到里屋，从抽屉里拿出一支白色的笔帽带有黑色兰花的典雅、漂亮的钢笔送给子寒。外祖父说："听说你今年考了第一名，这支钢笔奖励给你！希望你继续努力学习。"

　　子寒高兴地接过钢笔说："谢谢姥爷，我会努力的。"

　　外祖父又拿出一瓶白酒让子寒给爷爷捎回去。

　　子寒一个人提前回家做作业了，年前帮母亲忙过年的事，作业还没怎么写。妹妹们要等父母去村里的一些近亲家拜完年再回去。

　　子寒那次去姥姥家拜年后多年没再去过。子寒没想到自己将来还会和那个和自己名字同音的男孩——张子涵，成为一个班的同学，更没想到后来两次放弃上学竟然都会和他有关。

弟弟出生

春节过后，天气越来越暖和，婶子的身体越来越笨重，马上要分娩了。

正月初七上午，婶子去了医院。那天是个阴天，不是很冷，天阴沉沉的，像是要下雨或下雪的样子。

爷爷什么也不说，安详地抽着旱烟。老人头脑一般都比较封建，认为没生男孩就断了后人。听母亲说：计划生育政策实施时，爷爷还让父母逃出去，躲起来再偷生一个，为的就是要男孩。父亲和母亲商量后没那么做，母亲做了绝育手术。这次爷爷肯定是希望有个孙子。

父亲、母亲将要替叔叔、婶子养孩子，子寒不知道他们心里怎么想的。只是看到他们有时会为一些小事争吵，似乎感情不是很好的样子。妹妹们都不管大人们的事，或写作业，或玩耍，各自做着自己的事。子寒当时也不多想，她没过过缺吃少穿的日子，年龄也小，不知养大一个孩子有多么不容易，反正是大人们商量好的事，就任由大人们。

叔叔、婶子将要把自己刚出生的孩子送给哥、嫂抚养，难道他们就不心疼，就舍得吗？那时，叔叔、婶子一定很信赖他们的哥哥、嫂子，否则怎么能把孩子交给他们抚养呢？

初七一直到天黑妌子也没生。初八上午，母亲从医院回来说：妌子生了个男孩。

爷爷很高兴，有孙子了，周家有后了。爷爷好像也赞成刚生下的男孩由子寒父母抚养，他说："孩子跟谁家，长得就会像谁家的人。"从长相上说，子寒父母比叔、妌个子高；从文化程度上说，父亲也比叔叔文化高，爱学习。

母亲忙碌着，为刚出生的孩子准备吃的、穿的、用的。

子寒从没听父亲说过有四个女儿不好的话。对于刚出生的男孩，只要母亲愿意抚养，父亲也没意见。

因为妌子户口所在地管计划生育的妇女主任一直在查妌子的生育情况，几次都找借口搪塞过去，所以叔叔决定：在妌子生下孩子的第三天晚上，趁黑夜赶回德州的家。

爷爷表妹的儿子也在县税务局上班，母亲委托他找了辆吉普车把叔叔一家人送回德州。

晚饭后，叔叔、妌子把刚出生三天的男孩交给子寒父母抚养，带着子青回德州了。因为上学，子寒也跟妌子一家回了德州。

妌子包裹得很严实，在车内也盖着棉被。叔叔坐在副驾驶座上递烟给司机，被司机拒绝了。子青有些困了，倚在子寒身上。

汽车行驶在黑夜的马路上，僻静的地方几乎看不到行人。子寒望着车外模糊的夜景，仍没困意。子寒不知道叔叔、妌子是否还愿让自己去那里上学，他们并不高兴。或许那不高兴是因为把刚出生三天的儿子给了子寒父母的缘故吧。

回到家时已晚上八点多钟了，司机没有休息，开车回去了。妌子一家人没有碰上熟人，静悄悄回到家中。

第二天吃早饭时，林晓静的妈妈来了，她还没进门就听到了她的说话声："子青，回来了？"

119

叔叔打开屋门，林晓静的妈妈进来："昨天傍晚我从你家院子里路过，看你家还锁着门，今天早上发现门上的锁开了，原来是你们回来了！什么时候回来的？"

"昨天晚上回来的。"正在吃饭的婶子说。

"怎么晚上回来呢？"

"我表弟正好来办事，把我们捎回来的。"叔叔回答。

"还回去吗？她爷爷好了？"婶子是假借爷爷得病，回去伺候爷爷，偷生孩子的，林晓静的母亲接着问。

听了林晓静妈妈的问话，婶子看了叔叔一眼说："不回去了，她爷爷好了。"

......

婶子偷生下孩子的事像什么也没发生过一样瞒过去了。

就让它过去吧

婶子一点儿也不娇气，卧床休息了几天就下地做饭了。

过了正月十五，第二天便开学了，子寒开始了新学期的学习生活。子青也到那所学校上学了。

子寒和同学们相处得不错，就是有一次差点和那个爱说脏话、爱动手打架的于家林打起来。

说起打架完全是一次意外。那天快上课了，于家林抄近路跳过子寒的凳子回到他的课桌，结果碰倒了子寒的凳子。子寒嘟囔了一句："怎么不长眼呢！"结果惹着了于家林。

"说谁不长眼呢！"于家林一边说一边凶巴巴向子寒走来。并伸胳膊搂子寒的脖子。子寒也感觉自己不该说那句话，她又怕又觉得当着同学的面被男生搂住脖子丢人。情急之下子寒用左手掌劈向于家林的胳膊，嘴里还说出一句不知何时从哪里听来的话："停下！君子动口不动手。"

当子寒的手打到于家林的胳膊后，他立刻疼得抖着胳膊说："哎呦，胳膊要折了！真不愧是'浪子燕青'（叔叔经常叫子寒'燕青'，同学们也都知道子寒还有个名字叫燕青），厉害！……好男不跟女斗。"于家林说完居然回到他的座位上去了。同学一阵哄笑。

子寒平时用右手按在右腿上帮着支撑身体走路，端盆、提水就只能用左手，因此子寒的左手劲较大。

子寒不敢相信：自己打人有那么疼吗？于家林是装的吗？不管是不是装出来的，冲突终于结束了，她松了口气。

于家林刚在座位上坐好，上课铃就响了。林晓静回过头来悄悄对子寒说："告老师吧？刚才差点打起来的事。"

子寒摇摇头小声说："不用。他没打到我。"子寒觉得于家林虽然平时流里流气、浪荡不羁，其实也不很坏。那天要是他不让着自己，自己肯定会出丑的。自己要是找老师告状，就有点小题大做了，反而不好。

那次之后，于家林反倒对子寒尊重了许多，有时居然客气地问子寒不会的数学题。大家都是同学，子寒当然也会帮他解题。

对子寒来说学校生活是开心、充实的，在家里却发生了不愉快的事。

天气转暖了，婶子在拆洗被褥，她想把洗干净的被面和被里用缝纫机勾起来，却发现缝纫机不能用了。子寒一回到家，婶子就阴沉着脸，很生气地责问子寒："去年你怎么把缝纫机弄坏的？"

"缝纫机坏了吗？我用的时候没坏呀！"子寒有些不相信地说。

去年，婶子不在家时，子寒用过婶子的缝纫机。婶子住在老家的那段时间，叔叔曾回去过好几次，有时婶子的母亲会来给子寒做伴，有时大姑家表姐也会来给子寒做伴。

婶子的母亲已六十多岁了，她对子寒不错，总是笑着亲切地和子寒说话。她听说过子寒会做衣服，有一次她笑着问子寒："丫头，你婶子的缝纫机你会用吗？"子寒说："在家的时候，我用过我娘的缝纫机，婶子这个应该也会用吧。"

"丫头，你试试看能用吧？能用就帮我砸（缝）一下那两件开缝的衣服。"婶子的母亲说。

子寒也乐意帮那个姥姥，就用婶子的缝纫机帮那个姥姥缝了衣服。当时姥姥还高兴地夸子寒心灵手巧，年纪不大还会用缝纫机。后来，表姐来给子寒做伴时，表姐的裤头开缝了，子寒又用缝纫机给表姐缝过裤头。可当时并没感觉缝纫机哪里坏了呀？

子寒轻声问婶子："缝纫机哪里坏了？"婶子不说话，摆弄着缝纫机。

子寒依然声音不大地说："是不是时间长了没用，哪儿生锈了？"

婶子还是不说话，也不理会子寒说的话，她去做饭了。子寒既难过又有些生气：干吗那样？我又不是故意弄坏机器？再说我用的时候机器也没坏啊！

吃晚饭了，婶子依旧拉长着脸，叔叔不管这些只顾吃饭，不时和子青说话。子寒那顿饭吃得很不舒服。难道叔叔、婶子不愿意让自己住在这里上学了，可又不好意思说出来，想让自己知难而退吗？

第二天早饭时，气氛仍有些沉闷，子寒吃过饭就去上学了。一上午一想起缝纫机坏了的事心中都觉得郁闷。

中午放学回到家，子寒没想到缝纫机能用了，婶子在用它缝被单。子寒的心情豁然开朗。她高兴地问婶子："缝纫机修好了？"

婶子没看子寒，也没回答。婶子的态度让子寒的心里很不是滋味，自尊心也受到了伤害。要不是因为上学，子寒真不想在婶子家住了。

子寒不知道缝纫机哪里坏了，又是怎么好的，反正能缝东西了，并且好多年后婶子还用它缝东西。

叔叔也是，家里的钟表坏了，也怨子寒。说没人在家时，子寒把钟表拆开过，看里面是什么样的。

子寒真的没拆过钟表，可叔叔就是不信。叔叔还冲子寒大吼："你没拆，它怎么坏的？还能冤枉你吗？"

子寒气得哭着走进自己的房间。

叔叔也进屋来，他把声音放低了些说："哭什么哭，是你弄坏的，又不让你赔，承认不就行了。"

看来叔叔是认定了钟表是子寒弄坏的。子寒知道辩解也没用，生气地瞪着叔叔。

叔叔看了一眼子寒，又低声嘟囔了一句："就你干别人想不到的事，蒸包子还把包子褶朝下蒸呢。"说完出去了。

子寒没想到叔叔还记得蒸包子的事。把包子褶朝下蒸，那是因为在包包子的时候，褶没捏好，里面的馅露出来了，重新捏过后，还觉得不牢固，就把包子褶朝下蒸了，那样馅就不会露出来了。那事自己的确干过，可钟表自己真的没拆过，难道也要承认吗？子寒心里依然觉得委屈、难过。

还好叔叔也没再追问，事情就那样过去了。

开始子寒觉得委屈、难过，甚至不想在叔叔家住了。后来想开了，家长哪有不说孩子的。

子寒想起去年春天自己把母亲放在箱子里的布料趁母亲去姥姥家偷偷拿出来，给妹妹做成了衣服的事。当时邻居夸自己手巧，母亲却很生气，埋怨自己浪费了布料。母亲生气的样子不也和婶子、叔叔一样吗？

过去了就让它过去吧，不要放在心上。子寒想到这里，心里敞亮、舒服了许多，她决定要和叔叔、婶子好好相处。

缝纫机修好了，钟表也修好了，叔叔、婶子似乎忘记了它们曾坏过的事，没再提起过。

天气越来越暖和，到了穿衬衣的时候，叔叔和婶子回家看了一次留给子寒父母的儿子，当天就回来了。就在这时，叔叔、婶子已经准备光明正大地生育"二胎"了，他们已经办好了娃娃证。

夏季，叔叔、婶子更加忙碌，菜园需要管理，各种蔬菜陆续成熟也需到市场去卖。天不亮，叔叔、婶子就去摘菜，然后到市场去卖。家中只剩子寒和子青，子青还小，子寒担起了做饭、喂猪的任务。

星期天，子寒除了洗自己的衣服，还帮叔叔、婶子和子青洗衣服。邻居们对叔叔、婶子说："你这侄女真好，不光上学成绩好还帮你们干这么多活儿。"

叔叔、婶子听后，笑了。他们也没再说过子寒哪里做错了。

生病了

　　这天早上，叔叔、婶子一大早去摘菜、卖菜了。子寒想起来做饭，可觉得自己头晕目眩、浑身无力，她感冒了。子寒心中一阵着急，四年级马上就结束，明天就要考试了，自己怎么能病呢！

　　子寒强打起精神穿好衣服，下地走路感觉有些头重脚轻，她勉强熬好了小米粥。

　　子青也起床了。子寒让子青自己吃饭，然后自己又去睡觉了，她感觉自己真的撑不住了。

　　阳光强烈地照射着大地，照在人的身上有一种灼热的感觉，子寒盖着毛巾被还觉得有点冷，她昏沉沉地躺在炕上。远离家乡，远离父母，远离爷爷，生病了也没人陪伴，子寒有些难过，迷迷糊糊睡着了。

　　快中午的时候，叔叔、婶子回来了。子寒蒙眬中听到叔叔说："屋门没锁！这两个孩子怎么忘了锁门了！"

　　婶子进入子寒的房间，看到子寒躺在炕上，惊讶地问："燕青！你没去上学？"子寒微微睁开了眼睛，无力说话。

　　婶子摸了摸子寒的额头："发烧了！"她急忙告诉叔叔："燕青没去上学，她发烧了。"

　　叔叔一听，先是一愣，然后说："家里还有感冒药，给她先吃点儿。"

婶子说："我先给她做点儿吃的吧，一会儿再给她吃药。"叔叔看了看婶子："那就先做点儿吃的吧。"

婶子给子寒做了面条荷包蛋。子寒勉强吃下半碗，一阵恶心，又吐出来。婶子连忙用铁锨打扫出去。

子寒吃过感冒药，昏昏沉沉睡着了。叔叔、婶子下午又去菜园干活儿了，因为子寒病着，天还没黑婶子就回来了。

晚饭后，婶子看子寒还是不好，又去给子寒买药了。子寒的同学宫爱秀的妈妈就是村里的医生，头疼脑热都去她那里拿药。婶子也是去那里了。

宫爱秀的妈妈听说子寒病了，一边拿药一边替子寒着急说："明天就要考试了，怎么这个时候病了？"

"谁知道呢，也不知怎么就发烧了！明天也不知能好吗？"婶子也有些着急地说。

子寒吃过婶子给买来的药，就又休息了。

第二天，子寒的病还没完全好便去参加考试了，她觉得自己的头要比平时重，不由自主地趴在课桌上。就那样把头侧枕在左胳膊上做完了试卷。

老师、同学都认为子寒这次会考不好，因为做试卷时，看她一直在课桌上趴着。等考试成绩下来的时候，谁也没想到：子寒在那个人并不多的班上还是得了第一名。

林晓静有些疑惑地问子寒："考试的时候不是一直趴在课桌上吗？怎么还得了第一？"

能得第一，子寒的内心是高兴的，她顽皮地说："我的头趴在课桌上，我的手知道答案，它帮我考了第一。"

林晓静被子寒的话逗笑了："你这个家伙，明明是平时学得扎

127

实，怎么能说是手帮忙考了第一呢？"

"就是手的功劳，没手写，哪行呢！"子寒太高兴了，故意和林晓静争辩道，说完自己忍不住也笑了。

成绩下来后，也就放暑假了。子寒能带着自己的成绩再次开心地回家了。

父亲不上班了

放暑假后，子寒没有立即回家，而是先拆洗了自己的棉被和棉衣，又把它们重新做上，以免再次开学后没时间拆洗。带回家让母亲拆洗比较麻烦，婶子也很忙碌，自己能做的事便自己做了。

做好棉衣、棉被，子寒便收拾衣服、书包准备第二天回家。快傍晚的时候魏春红、方爱英、林晓静知道子寒要走了，来向子寒道别。同学们问子寒："棉被、棉衣都做好了吗？"

"嗯，做好了。"子寒让同学看了一下自己做好的棉衣、棉被。

同学们看了都流露出吃惊、羡慕的表情："你真行啊，我们都不会做！"

子寒说："这没什么，做一次就会了，挺好做的。"

在屋里太热，同学们跟随子寒来到院子里，找个板凳坐下。有同学问子寒："明天就要走了吗？"

"嗯。"

"去汽车站坐车吗？"

"不去（汽车站），我大姑认识的人明天正好开车去我们那里，顺便把我捎回去。"

同学们又坐着闲聊了一会儿，然后和子寒道别："祝你回家度过一个愉快的暑假，我们等你回来。""我们开学见。"

"我们开学见！"

子寒留恋这里的同学，更期待快点儿回到家乡，家中多了一个小弟弟，不知现在家中情况怎么样？

第二天刚刚吃完早饭，大姑就来叫子寒去坐车了，司机开着车就在门外等着呢。子寒急忙背上书包，提着包袱去坐车。

大姑接过子寒的包袱觉得有点重，说："回家过暑假拿这么多衣服干吗，又不是不回来。"

子寒没说话，她想把大姑给做的裙子和自己穿不着的衣服带回去给妹妹，因此衣服拿得多了点。

那是一辆小货车，驾驶室里有两个人，坐不下子寒了，她是坐在货车后面的车厢里回家的。天气闷热，幸好是阴天，车一开起来耳边还有呼呼的风吹过，一路上还算凉爽。

子寒回到家时，母亲正在家照看叔叔、婶子留下的小弟弟。小弟弟已有四个多月大了，父亲给他取名子衡。子衡在母亲的悉心照料下，长得结实、健康，他长得有些黑，胖乎乎的倒也让人喜欢。

子寒问母亲："我爹去上班了？"

母亲不怎么高兴地回答："你爹不上班了。"

子寒有些吃惊："我爹……不上班了？"

"嗯。"母亲随便应了一声，什么也不再说，抱着子衡出去了。

子寒提着包袱向爷爷的住房走去，一边走一边想：父亲为什么不上班了？

爷爷早就不看护树木了，平时爷爷只管喂养家中的耕牛。爷爷的身体也不如从前了，血压高，心脏、肝脏也都不好，经常吃药。爷爷还是爱喝酒，因为有病，医生、家人都不让他多喝，可爷爷每天还是要喝一点儿。

爷爷自己不蒸馒头，母亲蒸了馒头送给爷爷。父亲隔一天去村东头的水井里给爷爷担一担水。爷爷自己熬粥、炒菜。爷爷吃的肉、蛋依然要比父母亲那边多。

母亲依旧嫌爷爷喝酒、不管孩子。可母亲只是背后嘴上说说，每次烙合子、包饺子也都会给爷爷送去。

子寒不在家的时候，子秋和子香住在爷爷家，子寒回来后和两个妹妹一起住。子寒先把爷爷家的屋子里的地面打扫了一遍，然后又去帮母亲做饭。

当时农村暑假较短，因为还要放秋假，三个妹妹去上学了还没回来。父亲给棉花喷洒农药回来了。父亲的脸上多了些沧桑，白色的短袖因背喷雾器，后背上留下些磨脏的痕迹。

子寒问："爹，回来了。"

父亲洗了把脸，问子寒："放假了？什么时候回去？"

"9 月 1 日开学，打算 8 月 31 号回去。"

子寒告诉父亲这学期自己在班上依然得了第一。父亲笑着点点头没说什么。子寒问父亲："爹，你怎么不去上班了呢？"

父亲叹了一口气说："唉，你娘看孩子，地里的活儿没人干，我就在家种地吧。"

时代的发展，父亲所在的拖拉机站倒闭了，父亲需要另找工作，正赶上子衡需要人照看，地里的农活儿没人干，父亲就在家种地了。

子寒听后首先想到：失去父亲上班的收入，又加上弟弟吃奶粉，家中的经济肯定会紧张。可有什么办法呢？父亲说的也不无道理，母亲照看弟弟，十多亩田地总得有人管理吧。

子寒期盼着弟弟长大，父亲也就能去上班了。

子衡长得皮肤黑，后脑勺大，有不知情的人还说子寒家从南方抱回一个男孩抚养，说子衡长得像南方人。在外人眼里都认为子寒家条件不错才又养了一个孩子。

母亲视子衡如己出，甚至比对自己的女儿更上心，子衡可是周家唯一的男孩。

子衡上午睡过觉了，中午休息时间便不再睡觉。夏天中午的阳光把整个大地都晒得懒洋洋的，中午村中的街道上几乎看不到人影，母亲抱着子衡在池塘边的大树下或有阴凉的墙根下熬过困倦的中午。母亲没有怨言，似乎在完成为周家养育后代的使命。

子衡感冒发烧了，母亲显得很焦虑，请来医生给子衡看病。子寒的腿是打针后才变残的，母亲不让医生给子衡打屁股针，要医生给子衡输液。输液的时候，母亲也是在一边细心看护着，看针头处的皮肤表面是否鼓起小疙瘩，看液体是否快输完了，不允许有一点儿意外发生。

妹妹们有时也会为子衡去池塘边洗尿布，子衡已完全融入了这个家庭。

在子衡大约五个月大时，婶子就又怀孕了，平时菜园又有活儿干，他们也就没再回来看子衡。

虽说父亲不上班了，家中又多了个弟弟，子寒家的经济条件变得比以前紧张了，但当时农村生活水平都在提高，村中大部分人家也是只种地为生，生活还过得去。

明年回来上初中

子寒整个暑假除了写作业，就是帮着做饭、洗衣，去田地打棉花杈、捉虫子。连邻居家的星婶子也对母亲说："子寒回来，帮你干了不少活儿，你穿的衣服也变干净了。"

对子寒来说，在家的每一天都过得充实、舒服。

炎热、潮湿的夏天又过去了，迎来了凉爽、舒适的秋天。子寒也将再次离开家乡，去德州上学了。

临走前一天的晚上，子寒辗转反侧睡不着：她不想去叔叔家了，还是在自己家生活着安心、踏实。可不去又怎么上学呢？不能再次不上学了，明年就要考初中了。

"等明年考上初中就回来上学吧。"子寒突然有了那样的想法。

一方面，当初和子寒一起上到三年级的同学小美、小芬、桂喜、桂红、小专读完小学后就都不上学了，她们有的在家帮父母干活儿，有的去附近的地毯厂编织地毯挣钱了。子寒觉得自己回来上学也没人笑话自己因辍学而读的年级低了。

当时在农村一些学习成绩不十分好的女孩子觉得考学也没什么希望，读完小学就辍学了。后来国家实行九年义务教育，农村的女孩也都读完了初中，也有更多的农村女孩开始读高中上大学。

另一方面，中学远离小学，还有附近几个村的同学加入，班级会进行调整。子寒觉得正好趁那个机会自己也能被悄悄编进班级。

　　想到明年能回来上学，子寒兴奋的心情久久不能平静，真盼着明年赶快到来。

　　子寒只是自己心里那么想，并没有告诉父母，她觉得父母是不会阻拦自己的孩子回到身边来上学的。

　　村庄的夜晚是寂静的，子寒能听到自己兴奋的呼吸。初秋乡村寂静的夜晚少不了蟋蟀的弹唱，子寒在它们的"夜曲"中进入了梦乡。

"飞"来的鞭炮

第二天下午，母亲陪子寒骑自行车一同去外祖父所在的县城。因为外祖父单位有人去德州办事，母亲请他们顺便把子寒捎到婶子家去。

快到外祖父家的时候，子寒告诉母亲自己想买两个日记本送给四年级教数学的宋老师和教语文的马老师，母亲同意了，并且立刻骑自行车去商店买。

没说出来想买日记本之前，子寒还担心母亲会因经济紧张不愿意买，没想到母亲欣然答应还立即去买。子寒被母亲感动了，好像母亲对自己越来越好了。母亲没有发现子寒接过日记本的时候眼睛里含着泪水。

这次，子寒带上了外祖父给买的小自行车，因为再次开学要去较远的学校。外祖父送她一个双肩背的新书包。当时同学都是单肩背的书包，那个双肩背的书包恰巧适合子寒骑自行车背。

子寒看着外祖父送的新书包、母亲给买的日记本，心里充满了亲情所带给的幸福、温暖。

子寒回到婶子家时，天已接近傍晚。叔叔、婶子去菜园干活儿还没回来，只有子青一人在家。叔叔、婶子知道子寒要回来了，留子青在家等着。

子青梳着短发，只穿了件绿色的短裤，七八岁了，上衣也没穿。由于经常跟叔叔、婶子去菜园，皮肤晒得有些黑，简直像个小男孩。

子寒关心地问子青："子青，你怎么不穿上衣？"

"穿上热。"子青不耐烦地回答。

子寒说："现在天快黑了，不怎么热啦，穿上衣服吧。再说现在正是蚊子猖獗的时候，穿上衣服也好些。"

子青听了，不太情愿地穿上了一件短袖上衣，然后对子寒说："姐，你在家吧，我出去玩了。"

"玩的时候小心蚊子，秋天它叮人挺厉害的！"

子寒的话还没说完，子青便跑得没影儿了。

婶子把屋里收拾得挺干净的，子寒放下自己的东西就准备做晚饭了。

第二天一大早，叔叔和婶子又去卖菜了。家里只剩下子寒和子青。吃过早饭，子青去上学了。子寒正在收拾碗筷，林晓静来找子寒一同去新学校了。可子寒骑自行车去，林晓静步行去学校，她便提前去了学校。

林晓静走后，子寒急忙收拾完碗筷也背上外祖父给买的新书包，骑上自行车去了新的学校。

那时马路上还看不见几辆汽车，子寒迎着清晨凉爽的风，骑车行走在安静的马路上，没人能看出子寒是残疾人，幸福、美好的感觉充盈着子寒的心。

快接近学校了，子寒还是有所担心：新同学中会不会有人取笑自己的腿，谁能保证每个同学都好呢？

子寒只顾想事，没注意从旁边"飞"来一个点燃的小鞭炮，在自行车前轮边爆炸了。子寒吓得急忙把左脚着地，停下自行车。

"这是谁在恶作剧？"子寒的心情一下子紧张起来。

　　一个男生开心而单纯的笑声传来，那声音很耳熟，子寒顺声望去，原来是四年级的同学石家柱。他家也是在叔叔住的村落户的。他的脸长得俊秀，一笑还有两个酒窝，个子中等，身体粗壮、结实。他平常就爱笑，偶尔开个玩笑。他不是有意捉弄人，只是在开玩笑。他一边笑一边问子寒："吓着了吧？"

　　子寒见是石家柱，紧张的心情放松了许多，用埋怨的口气说："你怎么能开这样的玩笑！车胎炸坏了怎么办？"

　　石家柱听了笑得更厉害了。

　　子寒不再理他，骑车去学校了。

　　一个意外的小插曲，倒使得子寒不那么担心有新同学会取笑自己了。子寒告诉自己：不要怕，什么事都会过去的。和以前的同学能好好相处，和现在的同学也会相处不错的。

小学毕业的学校

　　子寒到达学校时，方爱英、魏春红、林晓静等也都已到学校了。原来是一个村的学生，现在是三个村的学生和在一起，将进行重新分班。

　　五年级有两个班。原来的同学只有林晓霞、卜文敏、祝铭和子寒四个人分到了五年级二班，其他同学都分到了五年级一班。最不高兴的是方爱英和卜文强，两个人因成绩差要留级复读。

　　那所学校一共有七个班，一、二、三年级各有一个班，四、五年级分别有两个班。当时，有的小学已开始实行六年制，那所小学也是最后一年五年制。

　　学校的大门朝北，一进校门就看到一个种满冬青的花坛，向南绕过花坛有一条小路，小路两边各有两排教室。学校被高高的砖墙围起来。校园中没有操场，体育课要到校园东边的空旷场地去上。开学典礼也是在村里的小礼堂举行的。

　　分班后，按成绩选了班委会人员，子寒也被选进班委会，负责编写学校的黑板报，星期一还要负责检查全校的卫生情况和红领巾佩戴情况。子寒不想当班干部，因为自己腿不好，不愿多走路。可是老师鼓励她干，相信她能干好，并让她正确对待腿不好的事实。老师的信任给子寒很大的信心和勇气，子寒会尽力做好自己该做的。

子寒的班主任李老师是一位年轻的女老师，她长得小巧玲珑，一双黑葡萄似的大眼睛，皮肤微黑，扎了一条马尾辫，说话语气温和而坚定。她负责教数学。

教语文的是田老师，是一位三十岁左右的男老师。他中等偏瘦的身材，浓黑的眉毛，大眼睛双眼皮，高鼻梁，留着分头，穿着白色的衬衣、灰色的西裤，看上去帅气、儒雅。语文第一课是《长城》，田老师读课文的声音顿挫有力，富有感情与气势。

五十岁左右的校长负责教历史课，他们一家人都住在学校。他的妻子以前也是老师，身体不好不再教学了。他还有两个二十来岁的儿子，儿子比他长得高，也比他帅。校长的背有点儿驼，面容慈善，讲课也亲切有趣。

子寒和女生相处得不错，只是有男生会让子寒"出丑"，真不知该说他们是"顽劣"还是"顽皮"。

这所学校是一个男生和一个女生同桌。和子寒同桌的男生叫高文辉，他瘦高个，眼睛细长，高鼻梁，学习成绩不好，课文也读不通顺。

一次上语文课，老师让子寒站起来背诵课文，高文辉偷偷把子寒的凳子撤到了一边。子寒背完课文，老师让她坐下的时候，她没注意到凳子被撤到了一边，一屁股坐在了地上。子寒不由自主"哎呦"了一声。周围的同学闻声一阵哄笑。子寒的脸火辣辣的，她一抬头看到高文辉在偷偷地笑，便明白是怎么回事了。

田老师听到笑声，问："怎么回事？"

同学中没有人回答。

子寒站起来，生气地瞪了高文辉一眼。高文辉依旧得意地笑着。田老师好像看明白是怎么回事了，他严肃地对高文辉说："高文辉，下课后跟我去办公室。"

高文辉跟田老师去办公室了。不知田老师对他说了什么，高文辉从办公室回来后低垂着头，不好意思地向子寒说了声"对不起"。子寒看他一眼没说话，事情就那样过去了。

十几年后，子寒再次遇到高文辉的时候，他已成为一名公交车司机，子寒都没认出他，他热情地和子寒打招呼，很有老同学的味道。和当年那个害子寒挨摔的高文辉已判若两人。

子寒最怕别人说她的腿的事，可偏偏有男同学由名字也能想到腿。一天下午放学了，子寒推着自行车正准备回家，听到几个男生大声地喊叫："燕青！燕青！""你的腿是打擂打的吗？""是啊，是打擂打的吗？"

子寒回头看去，是五年级一班以前不认识的几个男生正站在窗口冲她喊着。

"燕青"是叔叔给子寒取的名字，来德州后，叔叔、婶子一直叫她燕青。跟叔叔一个村的同学都知道子寒还有一个名字叫"燕青"。那几个喊叫的男生可能就是从其他同学那里听说子寒也叫"燕青"的。《水浒传》中有"燕青打擂"的故事，因此他们才冲子寒那样喊叫。

子寒张开嘴想说什么，又咽了回去。她想越理他们，他们就会越使劲喊，也许最好的办法就是装作没听见，不理他们。

子寒若无其事，骑上自行车走了。喊叫的男生见子寒并不理他们，自觉没趣，哈哈笑着从窗口散去。

没想到，第二天五（一）班的那几个男生又对子寒的小自行车感兴趣了。下课后，他们几个都想骑子寒的自行车。自行车放在校园里没有上锁，他们就随便骑起来了。一个男生骑，另一个男生坐在后座上，那么小的自行车上载着两个人，引来不少同学围观。

有女生看到男生骑子寒的自行车，回教室告诉子寒："他们几个男生在外面骑你的自行车呢！"

子寒对自己的自行车十分珍爱，真有些舍不得让他们乱骑。怎么办？去制止他们，他们能听吗？子寒一时也不知如何是好了。

子寒稍做镇定，走到教室门口冲骑车的男生说："停下！告诉你们：我的自行车爱坏，如果坏了我就告老师让你们赔。"说完回到了教室。

那几个男生相互看了看对方，大概真怕把子寒的自行车弄坏吧，有一个男生说："不骑了，没什么好玩的！走了，走了。"说完放下自行车离开了，其他围观的同学也都散去了。

以后，男生没再"招惹"过子寒。

子寒将在那所学校度过美好、难忘的小学最后一年。

住大姑家的日子

夏志勇分到了五（一）班，他已不住在他婶子家，而是和奶奶、弟弟住在一起。秋天，天凉了，夏志勇没钱买跑步穿的运动鞋，上早操还穿着夏天的凉鞋。老师发现了，倡导同学为他捐钱买了鞋。有老师、同学的关心、帮助，夏志勇的心也是暖暖的吧。

在那年深秋时节，子寒也要离开婶子家搬到大姑家去住，因为婶子家要把房子拆了重新盖。

在房管局上班的表姐说有个地方要拆迁，拆下的旧砖、瓦、檩条、门窗都还较新，而且价格便宜。叔叔家的房子还是土坯的，叔叔便打算买些便宜的旧砖瓦，把土坯房拆了翻新重盖。

叔叔、婶子和子青住进在院子里临时搭建的房子里。叔叔让子寒到大姑家住一段时间。

花被送人了

从学校到叔叔家和从学校到大姑家路程差不多。去叔叔家是出了学校大门一直向东走，去大姑家是出了学校向东走一段再向北走。

大姑家住的楼房，那是大姑分的宿舍。虽然大姑家在市里还有一个五六间房的大院，可因大姑不会骑自行车，为了大姑上班方便吧，全家就都住在大姑分的宿舍里。

尽管大表哥在北京医院上班，不在家，大姑家的住房也并不宽敞。

大姑家住的是一个不怎么大的两居室。姑父和大姑住了一个大卧室，表姐住了一个小卧室，小表哥住客厅。子寒去后要和表姐同住小卧室。表姐睡的单人床睡不下子寒，需要给子寒在小卧室加一张单人床。

天气越来越冷了，大姑家养的花需要放进室内。客厅较小，放了小表哥的床、书桌，还有饭桌、碗橱，晚上还要把几辆自行车放在客厅，不能放花。

大姑的卧室放了沙发、衣橱、写字台、缝纫机，还有一张较大的木制双人床，也放不下花盆。

表姐的房间只有一张单人床、一个书桌和一个小木柜。七八盆花都放在表姐的房间。子寒的到来，因需要加一张床，花就要被送人了。

小表哥种的"仙人球""黄瓜掌"也要送人。大姑担心小表哥回来后会不高兴，就对姑父说："要不把'仙人球''黄瓜掌'留下吧，二虎（小表哥的小名）回来会不高兴的。"姑父说："那些都带刺儿，放哪里呢？还是送人吧。"

大姑家的花都被送人了，子寒心中有些过意不去：是因为自己的到来，花才被送人。子寒心里有些不安的感觉：如果小表哥回来看到把他养的花送人了而生气，自己该多难为情。

晚上小表哥放学回到家后，大姑急忙向小表哥解释："二虎，为了给子寒加床，你的'仙人球''黄瓜掌'只好被送人了。不行到来年春天我再给要回来。"

子寒屏住呼吸听小表哥回答什么。

小表哥听后并没有生气，还慷慨地说："没事，送人的也就不要了。以后再养。"

小表哥的态度让子寒感到安慰。她用感谢的目光看了一眼小表哥。小表哥上高三了，着装朴实，依然有些虎头虎脑。

小表哥挨训了

大姑家每人一块儿擦脸的毛巾，每人一个洗脸盆。大姑给子寒也准备好了毛巾和洗脸盆。毛巾搭在洗脸盆架旁边的绳上，洗脸盆放在自己的床下。

晚上放学回到家，先洗脸洗脚。吃过晚饭后，子寒就和表姐待在卧室，一边小声地聊天一边写作业。

子寒和表姐住的房间与小表哥住的客厅隔着一个窗户，小表哥的书桌就在窗下，有一次他大声朗读课文，居然把"瀑（pù）布"读成"暴（bào）布"，还在一篇课文中几次都读错。小表哥的读书声很大，子寒听到后小声问表姐："小表哥怎么会把"瀑（pù）布"读成"暴（bào）布"呢？"表姐生气地朝小表哥住的房间白了一眼，没说话。

表姐没有去给小表哥指出错误，子寒也低头写自己的作业了。过了一会儿，小表哥停止了朗读。

其实小表哥朗读得不错，标准的普通话，就是读错那个字，让人感到太意外了。在姑父的监督下，小表哥的毛笔字也写得端庄、漂亮。

姑父、大姑都很关心孩子们的学习，重视他们在社会中的位置。大表哥大学毕业后在北京的一所大医院当了一名医生，姑父还是给他写信让他不要放弃学习，两年多以后大表哥得到了去美国学习的机会。

表姐高中毕业，在房管局办公室上班，大姑和姑父也督促表姐继续学习争取再往上考学，后来表姐考上大专去济南学习了两年。

小表哥学习成绩不太好，姑父要求他把字一定写漂亮，也不断督促他学习。

子寒即使没人管，自己也知道学。

每天早上都是大姑和姑父先起床准备早餐，然后再把小表哥、表姐和子寒叫醒起来吃饭。当大姑或姑父"二虎，二虎……""文静（表姐的名字），文静……"把小表哥和表姐逐个叫醒的时候，子寒就醒了。当姑父或大姑叫"燕青"时，她已经在穿衣服了。

一场小雪过后，期中考试结束了，子寒在班上得了第二名。虽然和第一名只差2分，子寒还是觉得自己没考好，告诉自己一定不要放松学习。

小表哥面临高考，他考得不好，星期天还跑出去打了一下午篮球，被大姑和姑父叫到他们的房间训斥。房间的门是关着的，听不清姑父说什么，但能听出语气是生气的。

吃晚饭的时候，子寒看到小表哥面无表情、一言不发，眼睛也不看别人。那样子让子寒想笑，忍住了没好意思笑。哪能别人挨训自己笑呢？

白菜帮子做的素馅包子

进入冬天，大姑家一次买了一三轮车白菜储存起来作为主要的过冬菜。姑父和大姑都勤俭持家，白菜最外面一层绿绿的还略带泥土的白菜帮子也不舍得扔掉，一片一片洗干净、剁碎、挤出水分，放上切碎的葱、姜，加入油、盐拌匀，做素馅的包子吃。

小表哥看到大姑洗白菜帮子会不高兴地嘟囔："还不如我大舅家（子寒家）呢，人家都不吃这个（白菜帮子）。"

小表哥从小就长得胖乎乎的，可他从小就不吃肥肉，猪肉只吃里脊，鸡肉只吃鸡腿，白菜帮子馅做的包子他吃，可能别人家一般都把那样的白菜帮子扔掉，而自己家吃，觉得没面子才那样说吧。

白菜帮子做成的包子，虽然略带点儿酸味儿，但子寒也喜欢吃。不知为什么吃饭的时候觉得吃饱了，可还没到吃饭时间，子寒就觉得饿了。等到吃饭时，因为饿的缘故，吃什么都觉得好吃。

隔上十来天，大姑家就蒸一次白菜帮子馅儿的包子吃。

大表哥的女友

那晚又是吃的白菜帮子馅儿的包子，碗筷还没收拾利落，大表哥的女朋友来了。她身材丰满，个子较高，戴着一副近视镜，剪着短发，看上去朴素大方。她和大表哥是高中同学，两个人曾经都是班上的学习佼佼者。高中的时候开始相恋，高中毕业大表哥考上了医学院，他的女友考上了农业学院。大表哥大学毕业去了北京，而他的女友回了德州。大表哥不想回德州，要求他的女友也往北京考。

大表哥的女友第一次考试失败了，工作调不到北京去。两个人的感情似乎也被城市的距离而拉开了。

大表哥的女友来后，和大姑去大姑的房间说话了。好像是问一些关于大表哥的情况，因为大表哥有一段时间没给她写信了。

子寒和表姐回到自己的房间。表姐告诉子寒：姑父不看好大表哥的婚事。

一向对眼睛、牙齿、指甲很在意的姑父，嫌弃大表哥的女友是近视眼，甚至说人家是"瞎子"，怕影响下一代。子寒没想到温和的姑父会对近视眼有那么大的成见。

玩了不大一会儿，大表哥的女友就回去了。临走的时候大姑送给她一块儿布料，让她拿回去做衣服用。

大表哥的女友走后，大姑说如果她考不到北京去工作，大表哥是不可能同意结婚的。

子寒不知道大表哥和他的女友将会怎样？那又是真正的爱情吗？

和表姐有个约定

子寒和表姐一到晚上就会无话不谈。子寒谈学校的事，表姐谈单位的人，谈发型，谈衣服……

表姐和子寒还相约一起努力学习。表姐争取考上大专，子寒明年就要考初中了，表姐对子寒说："你学习不错，不但要上初中，将来还要上高中，考上一所好大学。"

想到要上大学，子寒心中无限憧憬，和表姐相约一起努力。

大姑和母亲

大姑和子寒的母亲关系不是很好。

因为母亲对外人说爷爷的不是：无非就是爷爷爱喝酒，不过日子，有好吃的自己吃，也不知让老奶奶吃的事。再就是有时奶奶把饭做晚了，爷爷回到家冲奶奶大发脾气的事。可不知是谁把母亲说爷爷的话告诉了大姑，大姑听后很生气。

没事的时候大姑就会向子寒说起母亲说爷爷不是的事。大姑说起来的时候还是一脸的生气："你说你娘把你爷爷说得一文不值，哪有在外边那样说自己家老人的？她爹是个局长（子寒的外祖父当时是县税务局副局长）就多好吗？……"

"大姑，我娘是不该跟外人说爷爷不是，您别说我姥爷啊，我姥爷过年还给爷爷买酒呢！"子寒有些不愿听了，打断了大姑的话。大姑看了看子寒没再往下说。

在子寒心中爷爷和外祖父都是疼爱自己的人。每个人都有缺点和优点吧。其实母亲也不算坏，也没和爷爷吵过架，以前在老家的时候包饺子、烙合子也会让孩子给爷爷送去。

家中的那些事，真的很难分出谁对谁错，大概需要互相包容、体谅吧。

逛公园

子寒没想到：在一个星期天大姑要带自己去逛公园。子寒不想去，大姑说顺便带子寒去市里认识一下道路，以后自己去市里也不会迷路，子寒便跟大姑去了。

在人民公园子寒第一次看到真的孔雀、狮子、猴子、骆驼等动物，群猴在人工山上玩耍，狮笼牢固地圈住了凶猛的狮子，孔雀在它的区域闲情地踱步……公园里鸟语花香，小路整洁。班上的同学也不是每个人都去逛过公园的，回家后，子寒写了一篇《第一次逛公园》，因为是真情实感的抒发，写得很感人。老师还在课堂上读了子寒的作文，同学们有的还羡慕子寒能去逛公园呢。

那天在公园，大姑还给子寒买了一大包爆米花吃，子寒感觉自己很幸福，因为作为家里的大姐，好吃的都是留给妹妹吃，母亲也从没给自己买过零食吃。子寒拿着那一包爆米花，都有些不好意思吃，她觉得那应该是比她小的小孩吃的。

从公园出来，已经中午了，恰巧遇上了下班后正要回家的表姐。市里的街道拥挤、热闹，街边有许多卖小吃的，大姑带表姐和子寒去吃包子了。趁大姑不注意，表姐悄悄告诉子寒："你大姑还是第一次让我们在外边吃饭。"

子寒没想到一向节俭的大姑为了带自己出来玩，居然破例在外面吃午饭。严苛的大姑也有温暖的一面。

午饭后表姐就回单位了，大姑又带子寒去逛街，熟悉一下道路。

子寒累得走不动了，大姑买了菜，准备回家包水饺。

下了一场大雪

去公园玩回来不久，下了一场大雪。入冬的第一场大雪总令人感到欣喜，到处一片洁白，仿佛换了一个世界。天晴了，几只小鸟碰落了树枝上的积雪，在阳光的照射下，飘落下的零星积雪闪烁着五颜六色的光芒，子寒喜欢这奇幻的雪景，感叹大自然的神奇。

雪后的天气变得十分寒冷，道路结冰十分湿滑，子寒小心地骑行在马路上。子寒得意于自己的骑车技术：在冰面上骑自行车也不会摔倒。

只是刺骨的北风吹得子寒的脸有些疼痛，仿佛身体也被冻透了。尤其晚上放学回到大姑家，子寒的残腿冻得冰凉，脚也红肿起来。大姑已烧好了热水，让回家的每个人用温水泡脚。对子寒来说，有盆热水洗脚，真是享受，残腿的冰痛感会减轻些。

大姑也感到了天气的寒冷，她从衣橱中找出一件深蓝色的双排扣棉外套给子寒，那好像是大表哥曾经穿过的，颜色都退了，胸前还破了一个小口子，大姑已密密地缝补上了，让子寒在上学、放学路上穿。那件棉衣虽然旧些，但真的能抵御风寒，子寒的身体感觉没那么寒冷了。

子寒住进大姑家两个多月了，叔叔一家人已搬进刚盖好的新房里。

一个星期天，叔叔让子青来叫子寒回去住。子寒将结束住在大姑家的日子，再回到叔叔家去住。

回到叔叔家

叔叔家盖了五间砖瓦房，比之前的房子宽敞、明亮了许多。室内的地面也不再是土的，铺成了磨得较光滑的水泥地面。和西边邻居的院子也不再通着，中间砌了高高的一堵墙隔开。

新房还不十分干，怕潮湿，叔叔在他和婶子的卧室以及子寒的卧室分别点上了一个大火炉。大火炉还连通一个一人高的火墙，火墙也被烧得热热的，屋里一点儿也不感到寒冷。

叔叔、婶子对子寒说不上热情，也说不上冷淡。他们有他们的生活压力。

从叔叔和婶子的谈话听到他们盖新房借了钱，而且婶子也怀孕五六个月了，再过几个月又将面临分娩。婶子没怎么上过学，字也认得不多，人很勤劳、朴实，她不把怀孕当回事，每天该干什么还干什么。

有句话叫"金屋、银屋不如自己的草屋"，是说别人家再好也不如自己的家舒适、踏实。可偏偏还有人问不该问的话。一天放学回来，子寒遇上了婶子后院的叔叔，他笑着冲子寒说："吃饭的回来了？"

子寒没听清楚，"嗯"了一声。

那个叔叔又说一遍："你又回来吃饭了？"

子寒毕竟还是个孩子，听后有些生气，心想："你什么意思？说我来白吃吗？你知道什么就说这样的话！我叔叔、婶子生的孩子还在我们家呢！"可是子寒不能说出来婶子生弟弟的事。子寒瞟了一眼那个邻居什么也没说回家了，反正来年夏天就要回家读初中了。

　　冬天，菜园里活少，婶子又怀孕了，天天待在家里，做饭也不用子寒。子寒突然感觉自己在那个家中似乎真是个多余的人了。

参加竞赛

在学校，子寒可不是个"多余"的人。学校在子寒他们这两个小学毕业班中选出五名同学去参加乡里的数学竞赛。子寒也被选上了，能代表学校去考试，子寒感到很荣幸。

去参加比赛那天，天气很冷，路上有水的地方结了冰，时间选的是个星期天。参加比赛的同学在学校集合后，由校长带领去四五里路远的考场。

校长是子寒班级的历史老师，他五十岁左右，身体有点儿胖，驼背，精神很饱满，他的两个儿子却长得都不像他，个个高瘦帅气，大概像他们的妈妈，子寒见过他们的妈妈，也是又高又瘦的，他们一家人都住在校园一进大门左边的平房里，一家人看上去比较和睦，说话都很温和、谦让。

校长和同学们说话声音响亮而温和，他问第一句话是："同学们！都吃早饭了吗？"

"吃过了。""吃过了。"同学们回答。

"好！再看一下文具带齐了没？"

同学们都检查了一下自己的铅笔盒，"带齐了。"

"好。出发！"

子寒和同学们在校长的带领下路过一座大桥，又通过一段两旁长满树木的较窄的柏油路，来到参加比赛的学校。

"认真看好题目要求，不用紧张。"校长再次温和地说完了那句是嘱托又是要求的话便走进老师的办公室了。

由于是星期天，学校里只有来参加比赛的同学，校园里比较安静。考场在二楼，子寒和同学们一起登上楼梯，上到二楼，找到考试的教室，又找到贴有自己名字的课桌，坐下来。并没有人取笑她，居然有一个不相识的也参加考试的男生还向她投来敬佩的目光，大概是敬佩子寒的坚强和成绩好吧。

子寒安心坐下来等待考试开始。作为残疾人能和正常人一样参加比赛，子寒感到非常幸福，一个正常人是不会有那种幸福感的。

试卷一发下来，子寒什么都不去想了，全神贯注地答题，她顺利地完成了试卷。

回家的路上子寒的心情是愉悦的，因为答题顺利也没有人取笑她。一路上同学们讨论着哪道题怎么做的。校长偶尔也会参与其中，给题的对错作出判断。

那次数学竞赛子寒的成绩不错，被选上参加第二年下学期全市的数学竞赛。

父亲病了

　　快临近期末考试了，考试结束子寒就要回家过年了。叔叔、婶子打算给子寒买一身新衣服。问子寒想要什么样的。子寒说："家里钱紧就不用买了，我有衣服穿。"

　　叔叔说："过年了，还是买吧，要不别人会笑话我们不给你买衣服的。"

　　子寒看了叔叔一眼说："要不，你们随便给我买一身就行。"

　　婶子让人比着子寒的衣服给子寒做了一条蓝色的裤子，一件大花的上衣。子寒并不喜欢那件大花的上衣，为了让叔叔、婶子高兴，也不辜负他们的一片心意，子寒还是装作喜欢地说："挺好看的，过年穿喜庆。"叔叔、婶子他们自己在穿衣服上也不讲究，有衣服穿就行。

　　子寒在期末考试又考回第一名。对于家人来说子寒考第一名已不是新鲜事，如果考不好才觉得不正常。

　　叔叔一家人不回老家过年了，只有子寒一人回去，叔叔打算正月初二回家去拜年。

　　提前和父母说好，子寒要在腊月二十二回家。因为腊月二十二学校保准已放寒假了，腊月二十三是小年了，要赶在小年前回到家。

子寒家虽然隶属夏津县，却在夏津的最边缘，离夏津县城大约五十里路，而距离外祖父所在的 W 县城只有十多里路程，因此子寒依旧在外祖父所在的县城下车。

汽车缓慢驶进汽车站在停车位停下，子寒背着书包提着包袱从汽车上下来，四周环顾却看不见父亲或母亲的影子。子寒有些疑惑：是父母还没来？还是父母忘了自己今天回来了？

子寒随着人流走出汽车站。

子寒站在路边徘徊，是站在这里等父母来？还是去外祖父那里？万一父母忘记今天自己回来了，怎么办？正当子寒犹豫不决的时候突然听到有人在叫她："子寒，子寒。"好像是小姨的声音。

子寒顺着声音看去，真的是小姨。

小姨骑着自行车一会儿就来到了子寒面前。

子寒惊喜地问："小姨，你怎么到这里来了？"

"傻瓜，来接你的呀。"小姨说。

子寒有些纳闷，问小姨："我爹和我娘呢？"

"你爹病了，你娘来不了，让我来接你。"小姨回答。

"我爹病了？他得了什么病？"子寒急忙问。

小姨笑着说："你爹只是感冒了，没事，也快好了。上来，我送你回家。"小姨长得小巧玲珑，说话、做事干脆利落。

子寒坐上自行车跟小姨回家了。

回到家时，子寒看到父亲盖着棉被躺在炕上，母亲还在做鞋，子秋正看着子衡，子衡扶着椅子能站着了。子香和子夏不在家。一进门小姨就对母亲说："姐，我把子寒接回来了。"

母亲继续做着鞋，父亲听到小姨的说话声，在炕上坐起来，鼻音有些重地跟小姨说话："接回来了！"

小姨笑着点点头："嗯。"然后又说，"子寒真是长大了，带着她还真感觉有些沉（重）了。"

母亲看看子寒对小姨说："都比你高了，比你还胖，哪能不沉（重）？"母亲说得子寒有些不好意思了，那么大了还让小姨带着。

当时按政策规定，小姨、小舅和姥姥的户口从农村迁到外祖父所在的县城去了，小姨在造纸厂当了一名工人。母亲和大姨都已结婚，按规定好像能带两个孩子把户口迁到外祖父所在的县城去，外祖父没让去，大概觉得把家分成两半，还不如让母亲和大姨留在农村全家团聚着过农村生活更好。父亲却希望母亲能带出去两个孩子的户口，让孩子成为非农业户口，一直抱怨外祖父不管自己的孩子们。

小姨下午四点还要上班，说了几句话就走了。父亲又躺下了。

子寒回来后还要和二妹、三妹住在爷爷那边，她把衣服拿到爷爷那边去。

爷爷的屋里点了一个自己盘的土炉子，感觉不冷。爷爷这次没给子寒留月饼，而是留了自家石榴树上长的石榴。石榴的外壳已十分干瘪了，里面的籽粒还是鲜红、饱满、晶莹剔透。

爷爷总是那样记挂着子寒，可能因为有奶奶的嘱托，让他好好照顾子寒。再就是因为子寒是残疾人，爷爷觉得她委屈，才更加牵挂她吧。可不管什么原因，子寒觉得爷爷还是个有爱心的人。

子寒从爷爷那边又回到母亲这边。吃过午饭，父亲说感觉身体好了许多，领着子衡出去玩了。

子寒去西里屋放刷好的碗时，看到地上堆着一堆还带着缨子的小胡萝卜，便问母亲："娘，那些小胡萝卜干什么用的？"

母亲回答："没什么用，你爹多种的，没长好，那么小就扔在那里了。"

胡萝卜的确小，都和人的手指差不多，可子寒觉得把它们扔掉还是太可惜了，好歹也是父亲种出来的。

"把它们腌成咸菜不行吗？"子寒问母亲。

"怎么不行，你不怕麻烦就把缨子切下来吧。"母亲对子寒说。

子寒把胡萝卜用簸箕端出来，把切菜板放在饭桌上，找个凳子坐下开始切胡萝卜上的缨子。

邻居星婶子抱着孩子来串门了。一进门就看到子寒在切小胡萝卜上的缨子，星婶子带着不耐烦的语气说："这么小的萝卜还要它干吗！一个一个地切，也不怕麻烦。"

子寒笑了笑说："不麻烦，闲着没事，一会儿就切出来了。"

"子寒！你什么时候回来的？"星婶子听到子寒说话，才发现是子寒，问道。

"今天刚回来。"

"你家子寒就是有耐心。这么小的胡萝卜一个一个地切，也不嫌烦！"星婶子对母亲说。

"她不嫌麻烦，就让她切吧。"母亲说完和星婶子谈起买年货的事。

星婶子走的时候看子寒已切了大半盆小萝卜，有些惊讶地说："切这么多了！还真是功夫不负有心人。"然后星婶子又回头对子寒的母亲说，"这孩子真是不怕麻烦！"

星婶子刚走，父亲从外面回来了。他对母亲说："我给咱爹送点儿钱去，马上就过年了。"母亲虽然不高兴，但也没阻拦。父亲从抽屉里拿了钱给爷爷送去了。

父亲走后，母亲告诉子寒："十多天以前，你爹去集市卖了家中养的大猪，本想用卖大猪的钱再买头小猪，然后剩下的钱过年用。可你爹却把钱弄丢了。"

"丢了！怎么丢的？"

母亲叹了口气说："唉，也不知是自己丢的，还是被人偷去的。"

子寒听后也感到很难过，还是安慰母亲："人都说'破财免灾'，丢就丢了吧，别想了。"

"能不想吗？你爹不上班了，还这么一大家人等着花钱呢。"母亲无奈地说。

父亲不会爬树，也不敢上房。每年树上的枣熟了，是母亲爬上枣树去打枣。玉米熟了，掰回家来，也是母亲爬上房去晒玉米。父亲种地也不如母亲种得好。子寒觉得父亲真的不该放弃会计工作，那是他擅长的。

子寒安慰母亲说："村里也不是只我们一家人靠种地生活，别人能过，我们也能过去的。"

其实在乡亲们眼中，子寒家过得还是比较好的，有当税务局局长的外祖父；有曾经上学成绩优秀、一表人才的父亲；还有个儿高又能干的母亲；女儿们也都个个长得好看，个个上学成绩好，令人羡慕，他们并不知道子寒家真正的情况。

子寒回来后，父亲没再躺着不起来，感冒逐渐好了，全家人开始忙碌过年的事，迎接新一年的到来。

大年初二，叔叔回家来了，他要和父亲一起去亲戚家拜年。

初三，父亲、母亲只带四妹子夏和弟弟子衡去姥姥家拜年了，子寒和子秋、子香都留在家中，从此没再去过姥姥家拜年。

正月十一，本家的小军叔要结婚，母亲被选去接新娘。母亲可不是第一次去接新娘了，本家有结婚的，只要属相用得上，都让母亲去。父亲也去婚礼上帮忙。

小军叔的婚礼过后，父亲、母亲开始商量过了元宵节就给小麦浇返青水的事。

　　新的一年又开始了，伴随春天的到来，家里也充满了希望，父亲也精神焕发了。

生了个小妹妹

子寒在正月十四下午一个人坐公共汽车去了德州，去读完小学的最后半年。

到达车站后没人接她，她要自己再去乘坐市内公交车，先到大姑家（因为公交车的最后一站只到大姑家），然后再去婶子家。

下车后，子寒背着书包、提着包袱跟随着人流走出汽车站，然后走向市内公交车站牌。大街上人来车往，一位年轻的阿姨突然在子寒身边停下，问："小姑娘，你的腿怎么了？需要帮忙吗？"

子寒笑着摇摇头说："不用，谢谢您。"然后继续走向公交车站牌。

子寒挤上了公交车。

公交车到达大姑家时天已经快黑了，子寒觉得到大姑家门口了，就进去问候一声，冬天还在这里住着两个月呢。

只有大姑一个人在家，说过几句问候的话后，子寒就要离开大姑家去婶子家了，临走的时候，大姑拿了二斤汤圆让子寒捎给叔叔家，明天就是元宵节了。

从大姑家到婶子家大约三里路程，子寒要半个小时才能走完。因为按在腿上帮着支撑体重的胳膊走上几十米就会酸痛，子寒不得不停下休息，让手臂的疼痛得到缓解再接着走。

天阴沉着，空气湿润，路边的泥土已解冻，风也变得柔和，子寒感受到了春的气息。再过四个多月，子寒就将结束小学生活，回自己的老家读初中，她喜欢自己的老家，刚来就已期盼着回去了。

夜幕降临了，路边住户的窗户透出灯光来，路上行人稀少，这让子寒感觉更自在些，免得被别人看到自己走路的样子。

到达婶子家时，子寒感觉浑身都出汗了，右臂和右手因按在腿上帮着走路，酸痛得厉害。

婶子刚做好一床被子，正在把它叠起来。子寒从内心敬重婶子的勤劳、朴实。

婶子对子寒依旧不冷不热，子寒虽然心里不舒服，但她知道婶子快生孩子了，盖房借的钱还没还完，她有她的生活压力。子寒也知道这是在婶子家上学的最后一个学期，小学毕业后就回家读初中，无论怎样，一定要读完小学的最后一个学期，对婶子的态度不必介意，更何况自己的父母还替叔叔、婶子养着子衡呢，自己在这里吃住也不过分。

婶子家没有买汤圆，正月十五那天正好吃子寒从大姑家拿回来的汤圆。

元宵节第二天就开学了，子寒开始了她的学习生活。

开学后没多久，舅爷爷家的新春叔也来到婶子家。子寒叫他"叔"，其实他和子寒一样大，只是他出生在正月，子寒出生在腊月。新春叔不上学了，他是来帮叔叔家干活儿的。

新春叔的个头和叔叔差不多，浓黑的眉毛，大大的眼睛，身体也结实、健壮。他家也是老家农村的，他是因为上学成绩不好才不上学的。

春节叔叔去舅爷爷家拜年，听说新春叔不上学了，在家闲着。叔叔考虑到婶子不久要生孩子，一个人既要管理菜园又要卖菜忙不过来，便让新春叔来帮忙干活儿。

舅爷爷觉得新春叔在家闲着也是闲着，就同意他来给叔叔家帮忙种菜、卖菜，让他出来锻炼一下。

新春叔知道子寒的学习成绩在班上数得着，可能因为佩服子寒的学习，他对子寒说话挺客气的。有同学来找子寒，他遇上了也会跟子寒的同学热情打招呼："来找子寒了，她在屋里呢。"

新春叔的到来使得家里的气氛活跃了不少。

新春叔来后几乎天天去菜园帮忙干活儿，清早也帮忙去菜市场批发蔬菜。婶子可以从繁重的劳动中解脱出来，使怀孕的身体得到些休息。

光阴悄悄地流逝，天气已变得十分暖和了。一天晚上，子寒睡得迷迷糊糊的听到婶子房间有隐约的说话声。子寒睁开眼睛，透过窗户看到院子里的灯也亮着。看看在自己身边睡熟的子青，子寒没有动。过了一会儿，听不到说话声了。

又过了好大一会儿，子寒又听到说话声了，好像是宫爱秀妈妈的声音，听声音是叔叔送她走了，声音向大门口方向去了，还听到了大门的响声。

过了五六分钟的样子，又听到了大门的响声，紧接着是叔叔回到屋里来的脚步声以及叔叔的咳嗽声。接下来，院子里的灯熄灭了，叔叔回到了他的房间，然后什么声音也听不到了，恢复了夜的安静。

子寒想：宫爱秀的妈妈来干吗？是不是婶子生小孩了？怎么没听到小孩的哭声呢？小孩好吗？不知是男孩还是女孩？……子寒想着想着又睡着了。

等子寒再次醒来的时候，天已经亮了，子寒急忙起床，起床后看不到人也听不到有人说话。子寒轻轻推了推婶子卧室的门，门推不开，好像在里面插上了。子寒从屋外绕到厨房去。

厨房的门开着，子寒进去后，看到灶台上的碗里有煮好的鸡蛋，鸡蛋的壳上粘有煮熟的米粒，锅内还有剩下的小米粥。子寒感觉昨晚婶子真的生小孩了。

奇怪，怎么没听到小孩的哭声呢？可能是因为隔着客厅太远了才没听见吧。子寒一边想着一边走到厨房里通往婶子卧室的门前，门开着一条缝，子寒轻推开门进去，看到婶子的确和一个刚出生的婴儿躺在炕上，叔叔却不在家。

子寒小声问婶子："我叔去哪里了？"

婶子有些疲劳无力地回答："你叔去割韭菜了。你去做饭吧，你和子青吃完饭就去上学。"

"那，你呢？"

"我吃过了。"

子寒从婶子的房间出来去院里的水管接水准备做饭，才发现新春叔也不在家，他住的东房门敞开着。真不知他和叔叔什么时候走的，可能是自己睡熟了的时候吧。

简单地吃过早饭，子寒、子青就去上学了。

中午，子寒放学回到家，子青已经到家了，她从屋里走出来告诉子寒："姐，我妈生了个小妹妹。"

"生了个小妹妹？"子寒低声问子青。

"嗯。"

子寒走进屋里，中午气温高，婶子卧室的门敞开着，子寒慢慢走进去，刚出生的小妹妹睡着了，圆鼓鼓的小脸挺可爱的。叔叔从厨房走进来，对子寒和子青说："你俩去洗手，吃饭了。"

叔叔给婶子炖了猪蹄，煮了鸡蛋。

厨房的饭桌上有肉丝炒蒜薹和凉拌黄瓜，那是子寒他们的午餐。

　　婶子生了女儿，表面上看不出叔叔、婶子有什么不高兴。他们心里怎么想的子寒就不知道了。

　　因为小妹妹出生在刚盖好的新房中，叔叔给她取名子新。

　　子新满月的时候，已进入夏天，天气变得热起来，勤劳、泼辣的婶子又开始去菜园干活儿了。

　　新春叔则要回家了，回家去收麦子不再回来。

　　子寒放学回到家，要帮婶子做饭，婶子不在家时，还要帮忙照看小妹妹。

这样的考场同桌

子寒离考初中越来越近，考初中子寒没什么担心，可她在考初中前还要去参加市里的数学竞赛和作文竞赛。

在学校的两个毕业班中挑选出三人去参加数学竞赛，两人去参加作文竞赛，子寒都被选上了。竞赛考试让子寒感觉有压力，她怕考不好会丢学校的面子。

子寒自己骑着自行车在老师的带领下去市里参加了竞赛。

数学竞赛进行得很顺利。

作文竞赛时，子寒刚在自己的座位上坐好，和子寒同桌的男生早就坐在那里了，子寒刚坐下，他冲子寒的脸吹了一口气，眼睛并没看子寒。

男生吹动的空气迅速在子寒面前飘过，带来一阵凉风，子寒看了那个男生一眼，白色的短袖，干净的面孔，就是表情有些不屑，阴着脸，满不在乎的样子。

子寒心想，不理他就是了，老师马上就会来了，他不敢怎样。

老师发完稿纸，同学们开始写作文了，那个男生依然还在看着子寒，趁老师不注意用胳膊碰了一下子寒写字的胳膊。子寒停下写字瞪了他一眼，他依然用不屑的眼神回应子寒。

子寒奇怪那个男生为什么不写作文？难道不会写吗？哪个学校

会选上那样的学生？难道他是用抄袭的作文被选上的吗？

子寒心里胡乱猜想着，身体往外边移动了一下，离那个男生远点，继续写作文。

还好子寒的课桌在第一排，监考的老师很少去后面转，多数时间都站在前面。那个男生也就少了做小动作的机会。也埋头写他的作文了。

时间到了，子寒第一个交上作文，然后径直往教室外走，因为她不知道和自己同桌的男生接下来又会对自己怎样，心里想趁老师在，尽快离开。

子寒刚走到教室门口就听监考的老师大声叫："张凯，还没写完吗？"子寒回头看去，原来张凯就是刚才和自己同桌的男生，看样子监考老师认识他。子寒看老师在催那个男生交稿，迅速走出教室。

子寒刚走出教室不远，没想到那个男生就跑出教室追上了子寒，他表情严肃地问子寒："同学！你这腿是摔伤的吗？"

子寒一愣，难道他在写作文的时候做那些小动作就是为了知道腿是怎样"伤"的？

"子寒！怎么啦？"子寒还没回答那个男生，陪同子寒他们来的李老师在远处看到子寒和那个男生站在那里不知在说什么，急忙一边向这边走一边问。

恰在这时监考老师也从教室出来了，她一眼看到了那个男生，喊道："张凯！怎么还不回家？"

"愿你早日把腿看好！"那个叫张凯的男生脸上依然没有笑容，低声说完走了。

李老师走过来了，她问子寒那个男生刚才说什么了，子寒不好意思地说："他以为我的腿是摔伤的，还说希望我的腿能早点儿好。"

"你要正确对待自己腿的事……不用难过。"李老师也不知怎样安慰子寒了。

"我不难过，老师。都这么多年了，习惯了。"子寒嘴上说不难过，心里并不好受，总觉得有些缺憾，要是腿能好了，该有多好！

子寒和老师、同学一起走出校门，想到自己能代表学校参加竞赛，心里舒服了许多。

"你回去上学吧"

参加完竞赛，子寒只等考初中了。

在家里，子寒依旧帮婶子干家务活儿。星期天，婶子把子新留给子寒、子青照看，自己去菜园干活儿。有时子寒下午放学早，婶子也会扔下子新去菜园摘菜，叔叔天不亮就去卖菜。子寒知道叔叔、婶子也不容易，都很辛苦，她帮着干家务从没怨言。

离升初中考试只有几天了。一天中午吃饭的时候，叔叔有些不好意思地对子寒说："燕青，你婶子又生了小妹妹，对你也照顾不过来，也怕影响你的学习，考上初中后你回去上学吧。"

其实，叔叔就是不说，子寒也早就打算考上初中后回家上学。叔叔自己说出来，子寒倒是没想到。

至于叔叔真是为子寒学习着想，还是觉得供子寒吃穿、上学有负担，或者是觉得把儿子给了哥嫂抚养，而自己却要养哥嫂的女儿不合算，这些谁也说不清。

听到叔叔说让自己回家上初中，子寒平静地说："你不说，我也打算回去上初中呢。"

叔叔没想到子寒早就打算回家上学了，他笑着连忙说："回去上学吧，回去上学吧，又有了子新，会耽误你上学的。"

"那子衡在我们家就不耽误我们上学吗？"

叔叔脸一红，没说什么。子寒也是随便那么一问，看叔叔不回答，便低头吃饭了。

还有两天就考试了，子寒悄悄把要回家上学的事告诉了同学，同学在一次课间告诉了语文老师，田老师知道子寒的老家在夏津，他对子寒说："回去也好，能生活在父母身边，还能去夏津一中上学。夏津一中比德州一中升学率还高。"

子寒看了一眼年轻的语文老师，心想我将来真的能去夏津一中上学吗？一想到高中、大学，子寒的心中还是充满向往。

田老师当即在黑板上写下子寒家的地址，让同学们以后可以按那个地址和子寒联系。子寒没想到老师会那么做，心里很感动。

两天后升初中考试在火辣辣的天气里开始了。

考试结束后，子寒期待着张榜，看到结果后她就可以回老家了。

张榜那天上午，子寒帮婶子照看子新没能去看榜，直到下午才去（看榜）。可因为是下午去的，子寒在榜上没有找到自己的名字，而前三名同学的名字不知被谁抹去了。

林晓静告诉子寒："我上午看到你的名字了，好像是第二名。"

学校放假了，没有老师，找谁去问呢？

为了得到确切的消息，子寒去找了离家较近的宋老师。宋老师认识中学的老师，帮忙查了成绩。子寒是第二名，而且数学是最高分。这次是在三四个小学的同学中考了第二名，子寒在满足的同时也提醒自己还需努力，因为自己并没得第一。

知道考试结果后，子寒就要回自己的家乡了，魏春红、方爱英、林晓静、林晓霞、付桂花等都知道子寒要走了，不再回来上学，她们来向子寒告别。

当同学们问起子寒："我们什么时候能再见面？"

子寒心中也充满不舍，要是家是这里的，她就不会走了，可她要回自己的家乡去。子寒沉思了片刻说："我也不知道什么时候能再见面……我想我们一定还会再见面的。"

同学们再次确认了子寒的联系地址，方便日后联系。

父亲、母亲生气了

子寒这次回家，除了要带走书包、衣服，还要把自己的自行车也带回去。婶子的大哥在运输队上班，叔叔去问他是否有去夏津的车，如果有，把子寒连同自行车一起捎回去。

婶子的大哥告诉叔叔，明天有车去夏津，而且是空车去夏津拉货。

第二天早上，叔叔让子寒跟婶子的大哥去运输队搭车回家。子寒骑着自己的自行车跟大舅（婶子的大哥）一起去了运输队。

在运输队子寒坐上了一辆大卡车，她和司机坐在驾驶室里，子寒坐在副驾驶的位置，自行车放在了后面的车厢里。

十四周岁的子寒身体已经发育，皮肤白皙，清秀文静，当货车慢慢驶出运输队大门时，在大门两边站着的男装卸工中居然有人嬉笑着大声和司机开玩笑："哎！今天幸运，还有大姑娘陪着！"

子寒从没见过那样的场面，有点紧张。她看一眼身边的司机，司机像没听见一样专心开车。子寒的心逐渐平静下来。

那位看上去三十多岁，中等身材，沉着稳重的货车司机，话语不多。他只问子寒："家里还有什么人？""上学好吗？"便不再说话，认真地开车。

子寒则一直看车窗外的风景，那碧绿的田野让子寒想到父亲可能正在田间劳动，也勾起子寒对往事的回忆，她想到了和玲玲在田间一边拔草一边讲故事，玲玲比子寒高一年级，她会把提前从课文里学到的故事或从其他书上看到的故事讲给子寒听。

到了路不平的地方，比较颠簸，司机提醒子寒坐稳了。子寒双手紧紧抓住座椅的边缘，防止身体倾斜歪倒。

一个多小时后——上午9点多钟，在子寒家住的村庄边，货车司机把车停下，帮子寒把自行车从车上搬下来。子寒向司机说了声"谢谢"，司机笑了笑便开车走了。

子寒看一眼被绿树掩映的村庄，想到就要回来读初中了，心情激动，浑身感到舒适。她背着书包，用自行车带着装有自己衣服的包袱向家中骑去。

一进家门，母亲看子寒把自行车骑回来了，就说："你怎么把自行车骑回来了，回去时还得再带上，怪麻烦的。"

子寒说："我不回去了，回来上初中。"

母亲愣了一下，问："你不回去了？你叔知道吗？"

子寒回答："他知道，他也说让我回来，说婶子又生了个小妹妹，怕耽误我学习。"

母亲一听就生气了。父亲正准备去给棉花喷洒农药，早上有露水，喷洒农药效果不好，因此等到露水消失父亲才去。母亲对父亲说："他叔这叫做的啥事，就算让孩子回来，也得先跟咱说一声吧。跟大人什么也不说，就让孩子回来了？"

父亲也皱起了眉头，说："咱这里教学差，升学率低，头一年很难考上学，有的复习两三年才考上。"

子寒听了有些难过，听父母的话是不愿自己回来上学。不过父亲说的也是实情，当时的招生名额少，有的上学好的学生为了考上，选择复读。父亲大概觉得他为叔叔无条件抚养了儿子，德州的上学条件好，叔叔也应该留下子寒在那里读书吧。

就在这时，锁大娘来串门了，一进门看到了子寒，高兴地说："燕青回来了！"子寒点点头，叫了一声"大娘"。

锁大娘看到父母的表情有些不高兴，就问："这是怎么了？怎么孩子回来了还不高兴？"

母亲说："他叔不让孩子回去上学了，跟我们都没说一声就让孩子回来了。"

锁大娘心直口快，听后也说："他叔做得是有些不对，让孩子回来上学怎么也得先给大人说一声啊。"

子寒听不下去了，她大声说："我自己也愿意回来上学，我不愿住在别人家。"

父亲听后愣了一下，然后急忙说："我不是不愿意你回来上学，我是担心咱这里升学率低，不复读第一年很难考上学。"

"我会努力的，争取不复读，第一年考上学。"子寒的语气中充满了自信。

听了子寒的话，父母不再说什么。

锁大娘也说："既然孩子自己愿意回来，就让孩子回来吧。"

就这样，子寒回来上学的事就算定下来了。家乡的学校还没放假，母亲去找了中学的孙校长。

孙校长家住在子寒姥姥家那个村，他和母亲早就认识，他听说子寒要回来上学，很快就答应了，对母亲说："8 月 10 号开学的时候，让孩子来上学就行。"

子寒只等开学后去上学了。

暑假后，二妹子秋该上小学六年级了，子香和子夏该上四年级了。弟弟子衡已经会跑了，也在学说话，听到姐姐们叫"爹、娘"，他也跟着叫。父亲不让他叫"爹"，让他学着叫"大爷"。

母亲就让他叫"娘"了。别人也说叫娘可以，有的人家为了孩子能健康长大，还给孩子认干娘呢。

子寒家有十多亩地，三亩用来种粮食，其余七亩多种棉花。日子过得不算富有，也还可以，只是不像父亲上班那样宽裕。

离开学还有一段时间，子寒除了帮母亲洗衣、做饭，还跟母亲一起去棉田给棉花打杈、捉虫，生活在自己家比生活在婶子家随意、踏实，感觉真好。

村中正在修一条柏油路，那条柏油路直通中学大门口，已经开始铺沥青了，很快就能竣工。以后子寒每天上学、放学都可以行走在那条新修的平坦的柏油路上。

因为子寒自己愿意回来上学，父母再也没提及过叔叔让子寒回来上学的事。

充满希望的初一

8月10日开学了（城市一般9月1日开学，因为当时农村还要放秋假，所以要比城市提前开学），子寒踏进了以前只在外面看看，从没进入过的中学，她十分兴奋，同时也充满了幸福感。

学校坐落在村子的西南角，空气清新，校园整洁、安静。

校园的东面、南面是田地。西边毗邻一个兽医站。学校的大门朝北，门前就是刚修好的柏油路。

走进学校的大门就是一个不怎么大的运动场，运动场的西边有木制篮球架。进入大门从运动场向东走不远有一条南北向小路，小路两边是枝叶茂盛的杨树。在小路的东边有三排北房，在小路的西边，也就是运动场的南边有两排房。

学校最南边的两排房子是教室，其余的房子是老师的办公室、宿舍，同学的宿舍以及食堂。

这是子寒上学以来，第一次学校有学生宿舍和食堂，如果能住校，子寒真想尝试一下住校的感觉，那会让她感觉自己长大、独立了。子寒家离学校比较近，不用住校，只有外村离家较远的同学和老师才住校。

平时没几个老师、同学住校，只有在秋冬季有早晚自习课的时候，走夜路害怕，才会有较多一点儿的同学住校，他们自己带来馒

175

头或包子、油饼，再带上咸菜或炒菜，学校食堂的师傅会用食堂的大铁锅帮他们把从家带来的饭菜煴热。有长期住学校的老师，他们自己另起炉灶做饭。

在学校食堂的门口边有一棵粗壮、树皮嶙峋、枝繁叶茂的柳树，树杈的基部挂着敲打上下课铃声的铁"钟"。那"钟声"是那个时代、那所乡村中学令人怀念的乐声。食堂做饭的师傅负责敲打上下课铃声。

那所乡村中学不大，学生也不多，大约只有200名学生，一共四个班。初二、初三都是一个班。初一由于学生人数的增加不得不分成两个班。

20世纪80年代人们的生活由贫穷逐年变富裕，1986年又是九年义务教育法第一年颁布实施，家长对孩子上学也越来越重视，农村上学的孩子在增加。

子寒的那个班有40个学生。那所中学是女生和女生同桌，男生和男生同桌。子寒的同桌叫袁翠莲，她剪着短发，眼睛不大，瓜子脸，长得白白净净的，学习成绩一般，性格温和。子寒成绩好，待人友善，因此两个人从没闹过矛盾。

同学都来自附近的村庄，大都几辈人都生长在这里，家长大都彼此认识，有的还沾亲带故。同学们相处比较不错。女生会闹点小别扭，男生会打闹，甚至在地上滚成一团，但都是点到为止，不会故意欺凌，输的那个红着脸一笑了之，真正打起来的个例很少。在子寒眼中同学关系大概如此。

有的同学开始对子寒不屑，经过一段时间的相处，大都对子寒能够尊重，这大概和子寒的成绩好以及她的为人处世有关吧。

子寒的第一篇作文便被老师当范文读给同学听，数学、英语、地理、历史、生物的测验子寒也都名列前几名。

成绩好的还有金桂英等几个同学，金桂英的作文也被老师当范文读给同学听。对子寒来说有对手学习起来才更有心劲。

令子寒没想到的是那个和自己名字同音的男孩张子涵已经在这所中学读初二了。张子涵的成绩在他们班上一直是第二名，第一名是子寒上小学一、二、三年级时的同学左峰。左峰、张子涵在那个不大的学校都算有名的人物了。

9月10日是教师节，那天上午全校师生聚集在运动场上，为老师庆祝节日。张子涵和另一位女生，代表全校的同学站到队伍前面为老师致贺词，因此几乎全校的同学都知道张子涵这个名字。

教师节下午，子寒骑着自行车进入校园，快到自己教室的时候，看到班长周玉廷嬉笑喊叫着"子涵（寒），子涵……"从初二的教室跑出来，后面有个男生在追着打他。一会儿两个人在离子寒不远的地方打成一团。周玉廷嬉笑着嘴里还喊着："子涵，子涵……"追打他的男生就阻止他喊叫："别喊了！别喊了……"

子寒明白了，追打周玉廷的男生应该是张子涵，没错，就是给老师致贺词时看到的样子、听到的声音。大概周玉廷觉得子寒和张子涵的名字凑巧同音，认为有趣才叫个不停吧。

一见到张子涵，子寒会觉得有一种亲切感。或许因为名字同音又在小的时候就见过，彼此的母亲也都熟悉的缘故吧。

男生的打闹子寒当作没看到也没听到，放下自行车向教室走去。这时老柳树上传出了熟悉的"铛铛、铛铛……"的预备铃声，周玉廷和张子涵也停止打闹回各自的教室了。

子寒是向父亲说过要不复读考上学的，她不想食言，把全部心思都用于学习。

初一上学期期中考试子寒在班上得了第二名，第一名是金桂英。

金桂英的家在子寒姥姥居住的那个村。她个子不算高，小圆脸，眼睛不大，双眼皮，时常闪烁着欢快、聪慧的光芒。她的嘴唇薄，嘴巴小，牙齿整齐洁白，说话总是爱笑，因此脸颊上时常出现两个小酒窝。她带着精明能干的样子，走路也快。

金桂英有一个哥哥、两个姐姐和一个妹妹。她的哥哥最大，已大学毕业在夏津一中当老师了。有一个姐姐在家干农活儿，另一个叫金桂芝的姐姐和她同一年级，在另一个班，成绩不如她好，做人踏实，性格随和。她的妹妹还在上小学。她的母亲常年患病在床，可她乐观、开朗，总给人一种向上的力量。

考第二也是有好处的：可以给自己增加努力的动力。子寒在暗自努力着。

期中考试后，天气变得寒冷起来，子寒收到了德州同学温暖的来信。魏春红、方爱英给子寒写信来了，问子寒："过得好吗？学习怎么样？"并告诉子寒方爱英转到市里去上学了。子寒给她们回了信，说了自己的情况。

快元旦的时候付桂花给子寒寄来了贺年卡。

子寒没想到魏继红也给自己写信来了。她遇上了难题：她不小心把新配的近视眼镜摔坏了，她不敢告诉她妈妈，怕挨批评。问子寒该怎么办。

魏继红还有两个弟弟。她的妈妈种菜、卖菜，勤劳节俭。她弄坏了眼镜，她妈妈肯定会着急。子寒觉得她还是该如实告诉妈妈，请求妈妈的原谅。

当子寒把这件事告诉给父母时，父亲说："她要是实在不敢告诉她妈，你就让她把眼睛的度数寄来，我帮她配好眼镜再给她寄到学校去。"子寒睁大眼睛看着父亲问："真的这样给她回信吗？"父亲点了点头。子寒知道家里的经济条件并不宽裕，父亲还能让自

己去帮助同学，她很感谢父亲有这番心意。

子寒按父亲的意思给魏继红写了回信。但魏继红的妈妈已经知道了此事，她没有生气，给魏继红重新配了眼镜。

想到德州还有同学想着自己，把自己当朋友，子寒心中荡漾着美好、幸福的涟漪。

子寒暗自庆幸：虽然不是每个同学都对自己尊重，但也没人因腿不好取笑、歧视自己，反而有时会得到老师、同学的帮助、照顾。

偶尔男生打闹碰歪了子寒的课桌，不等子寒自己去扶正，他们就急忙帮着把课桌扶正了。

老师站在讲台上发试卷，叫到谁的名字谁就去拿试卷，当叫到"周子寒"的时候，老师不让子寒过去，让同学给她捎回来，给子寒捎试卷的同学也不会抱怨。

下小雨了，子寒坐在教室还不知道，一个不熟悉的男同学怕她的自行车淋湿了车座，放学的时候没法坐了，就主动帮她推进教室的走廊。

点点滴滴的小事都温暖着子寒的心。子寒唯一能回报老师、同学的就是好好学习，热心给同学讲他们不会的题，也希望自己将来能考上学，成为更有用的人。

子寒把全部心思都用于了学习，能够学习对她来说是一件快乐的事。

尽管子寒家夏天院子里种了丝瓜、豆角，地里也种上几棵南瓜，在秋天播种小麦的时候撒下了菠菜种子，为家里提供些新鲜的蔬菜吃，节省些买菜钱，但是供四个女儿上学、穿衣，还抚养子衡，管爷爷的吃喝，仅靠田地的收成，日子还是有些紧巴。

父亲为了增加收入，秋后卖掉棉花后，自家的钱不够又向他以前当会计时的朋友借了些，买回两组水貂试着饲养。

每组四只水貂，三只母的一只公的，一共买回八只水貂，每只水貂一只貂笼，父亲用砖、木料和石棉瓦在院子里给它们搭建了一个能够遮挡雨雪的棚子，八只貂笼分为两排整齐地摆放在里面。整个冬天父亲细心地饲养着水貂，期待明年能为家里增加收入。

春天水貂进行了交配，一家人更加细心地喂养它们，按时饲喂，增加营养，饲喂它们的小盘子每次都用稀释的高锰酸钾水消毒。父亲有时忙田地里的活儿回家晚，子寒就帮忙喂水貂。

水貂是珍贵的毛皮动物，食肉、生性残忍。给它喂食的时候，人不敢把手直接伸进貂笼，戴上手套还怕被它锋利的牙齿伤到，每次都是把铁钩子伸进貂笼，将喂貂的小盘子勾到貂笼门口，再把貂笼门打开一条缝迅速把盘子取出来。

用钩子勾盘子的时候，有的水貂一道柔滑的黑影逃进它的小木房子，有的怀孕的母水貂会凶狠地撕咬钩子，那倒是不怕，钩子不会被咬坏，害怕的是打开貂笼门取盘子的时候水貂趁机逃出去。

第一次喂水貂子寒很担心，担心被它伤到，担心它逃跑。喂上两三次后，水貂好像和人认识了，变得安静些了，子寒感觉没开始那么害怕了。有时三妹子香也会帮忙一起喂水貂。

盘子从貂笼取出后，用稀释好的高锰酸钾溶液进行消毒，再把配好的貂饲料装进盘里，然后把貂笼打开一条缝，刚好放进盘子去就行。

子寒不会因帮家里干活儿耽误学习，反而觉得学习起来更有劲。

初夏，交配成功的水貂产崽了，一家人都十分高兴。

初一时的家庭生活和学习生活都是稳定、充满希望的。

子寒唯一遗憾的是初一每次考试都没能得第一名，一直是第二名，排名第一的一直是金桂英。子寒对自己有些心冷了：怎么每次都差几分考不过金桂英呢？是我学习不够努力吗？还是自己变笨了？

　　当炎热的夏天到来的时候，子寒的初中一年级结束了。

紧张的初二

暴假结束，子寒上初中二年级了，刚刚考上初中的二妹子秋却辍学了。

子秋的学习成绩在班上也是前几名，她从小爱美，喜欢打扮，她并不把上学看得重要。子秋长得漂亮，干活儿也利落。不知子秋是不是看到家中经济紧张才不上学的，她只说不愿上学了，上烦了。那年和子秋一个班的巧云也不上学了，尽管实行了九年义务教育，在农村中不上学的女孩还是有的，父母也没阻止子秋，任由她不去上学了。

子寒总觉得子秋是因为家中经济紧张才不上学的，父亲买水貂借了钱，成本一时又收不回来，家中经济陷入紧张状态。那年老师让买复习资料，因家中钱紧姐妹四人都没买，子秋班上的同学都买了，只有子秋没买。子寒觉得子秋是好面子才不肯上学的。

妹妹不上学了，可自己这个做姐姐的还在上，子寒心中觉得有些愧疚，可她又舍不得放弃上学。就在这个时候，大姑家的表姐给子寒寄信来了，告诉子寒：她已考上大专，将去济南学习两年。她希望子寒一定要努力考上好高中。信中还写了"吃得苦中苦，方知甜中甜""不能以小事乱大谋"的句子。她希望子寒不要受到家庭等外界因素影响，专心上学。

子寒看完表姐的来信，很感动，难得表姐还记得当初的约定。表姐已经如愿了，自己一定不能轻言放弃。

初中二年级，由于缺少老师、教室，原来的两个初一班合为一个初二班，又加上留级留下来的几个同学，学生人数增加了一倍多。同学们都不知自己将会排名第几，班中充满紧张的气氛。

伴随初冬的到来，初二上学期期中考试成绩下来了，第一名是一个复课的男生左民怀，第二名是子寒，第三名是一个复课的女生叫左香秀。初一时一直排名第一的金桂英没能进入前三名。

期末考试，子寒仍是第二名，第一名换成了另一个复课女生左秀春，金桂英仍没能进入前三名。

子寒对自己的成绩既感到高兴又有些透不过气来。高兴的是两次都超过了初一时一直排名第一的金桂英。透不过气是因为自己怎么努力也考不了第一。这两次考第一的复课生以前在班上还不是名列前茅的学生呢，要是换成了曾经名列前茅的复课生自己恐怕就更考不过了他们吧。

考试成绩下来后便放寒假过春节了。浓浓的过年气息丝毫没能影响到子寒的学习兴致，一有时间就背英语单词、课文、演算数学。

在冬天的时候，父亲卖掉了几只水貂的幼崽，可由于貂皮价格的下滑，卖出的价格不理想，除去饲料等成本就不赚钱了。

正月初八是子衡三周岁的日子。父母决定宴请亲朋好友为子衡庆祝生日，子寒姐妹四人可都没过那么隆重的生日。

叔叔也从德州赶回来，还买来六条鲤鱼。婶子没有回来，大概在家照看一周岁多的子新，回来不方便。

初二时子寒的同桌叫史淑莲，她是子寒姥姥村的，按辈分子寒得叫她小姨。开学后史淑莲说子衡过生日大摆筵席的事她也听说了，很多人都说子寒家对那个弟弟很重视，那是因为子衡是周家唯一男孩的缘故吧。

子寒不在意那些，她关心的是她的学习。

初二下学期，开学不久，从初三又退下来七八个同学。

他们中包括曾在初一、初二时排名第一、第二的左峰和张子涵。初三迫于另外复课生的压力，他们不敢参加当年的考试，退下来，准备明年再考。往年的优秀学生是没有退下来的例子的，因为听说明年教育局将杜绝复课，参加过一次考试的学生，第二年不允许再参加考试，他们没有把握当年考上，又怕失去复习机会便提前退下来了。

他们的加入使班中的气氛更加紧张，新生似乎更加没有希望考上学，子寒也感到了更大的压力。

子寒不仅小时候就认识张子涵，左峰也是子寒上小学一、二、三年级时的同班同学。没想到时隔五年多，中间子寒还曾辍学两年，居然又和左峰又是一个班的同学了。

有些女生背后叫左峰"胖子"。他身高中等偏上，从小就比较胖，倒也胖得均匀、结实。他是班长，经常一脸严肃。

左峰基础扎实，听同学说他读完初一后，他父亲又让他读了一年初一，为的是打好基础。他在第二次读初一时就经常考第一，初二还是第一，初三除去复课生他也还是第一，加上复课生他是第十六，没把握考上中专或高中，便退下来。他家经济条件不错，他只有一个弟弟，他父亲是村里的医生。

张子涵，一看名字就知道是那个和子寒名字同音的人。

张子涵是第一次复课，他的成绩仅次于左峰，经常排名第二。他有一个哥哥，还有一对双胞胎妹妹，父母都务农，家庭条件一般。他人长得不错，性格也谦和。

一个课间子寒听到张子涵他们村的女生小声谈论张子涵："昨天中午，张子涵一回到家就做饭，我和小慧走到他家门口的时候，他正一手拿着炊帚，一手端着盆出来倒泔水，看到了我们有些不好意思，倒完泔水急忙跑回家了。"

"张子涵不光在家帮着做饭，星期天还帮着去田地浇水，天很晚了才回家来。"

女生谈论张子涵的时候兴致勃勃，津津乐道。一个长相、人品、学习都好的男生，总是会受到一些女生的关注吧。

除了左峰和张子涵，其他几个复课生学习成绩也都是较好的。压力是有的，子寒没有退却，她暗下决心要努力和他们比一比。

子寒在努力，而退下来的那些优秀学生也在努力。

那些优秀的复读生加入后，期中考试老师没给排名次，子寒不知自己能排第几。从平时测验的单科成绩来看，子寒的成绩不如退下来的复课生。

夏天，教室前后以及校园小路两旁的杨树、柳树枝叶繁茂起来，生机勃发。有时子寒来得早或走得晚，独自看着那些茂盛浓绿的枝叶，心中的压力有所缓解。只要努力了，顺其自然吧，或许这是大自然的法则：去年的叶子落了，才又长出今年的新叶。

子寒似乎在给自己找一个不复读考不上学的理由。可当子寒想起刚从叔叔家回来的时候，信心满满向父母承诺要不复读考上学时，就有一种无形的力量在身体里涌动，子寒告诉自己：不能食言，只要还有希望，就不放弃努力，或许还有转机，能够超过那些优秀的复读生。

夏天的一天，叔叔回来了，看子秋在家闲着没事干，就想把子秋带去给他卖菜。子秋虽然身高 1.6 米了，可还不满十五周岁，子寒有些不放心子秋去卖菜，说："子秋还小，去卖菜能行吗？"

叔叔反驳子寒说："你去那里的时候，不是比子秋还小吗，在那里不也过得挺好吗？到现在还有人提起你呢！"

"可我不是去卖菜啊。"子寒说。

叔叔满有信心地说："子秋去卖菜也不会有事，子秋也会卖好菜的。"

父母同意子秋去卖菜，子秋自己也愿意去，于是叔叔带走了子秋。

子寒更加珍惜上学的机会，她不敢有半点的松懈，继续努力着。

拼搏的初三

凉爽、舒适的秋天再次到来的时候，子寒已是初三的学生了。

初三一开始班中又加入七八个复课生，其中有前不久考试差几分就考上的。他们是复习过一年，甚至复习过两年的优秀学生。

只是左峰、张子涵那些复课生的加入，压力就已很大，又加入一些成绩曾在左峰、张子涵之上的同学，压力就更大，似乎看不到希望了。子寒给自己鼓足勇气，做最后的拼搏。

当子寒把全部心思都用到学习上的时候，有的复课男生还有心思开"玩笑"。

一天中午放学了，子寒站起来刚要走，从身后走过两个男生，其中一个前不久刚退下来的复课生居然用手按在膝盖上方学子寒走路的样子。他的举动让子寒陷入难堪的境地，一时不知所措。就在这时，走在后面的张子涵用力拍了一下那人的肩膀，示意他不要学子寒走路。那人看了一眼张子涵，马上停止了学走路。

子寒舒了口气。她从内心感谢张子涵，是他出来制止那人学自己走路，才使自己不那么难堪。子寒看了一眼张子涵的背影，心中原有的亲切感中又增加了些踏实的感觉。

子寒和张子涵名字同音，因为同音的名字，有时让子寒也会陷入尴尬的境地。

子寒靠教室的窗户，张子涵在子寒后面，只隔着一个同学。有一次下课了，一个初三时刚加入的复课生——石福云，在子寒所在的窗口喊"子涵"。正在教室学习的张子涵答应了一声。可石福云并不去理会张子涵，在窗外继续"子涵，子涵……"叫个不停。一边叫，还一边笑，弄得子寒十分尴尬，他不是在叫"子寒"，可听上去分明又是。

　　张子涵开始没在意，后来听石福云不停地叫"子涵、子涵"有些生气了，站起来，冲窗外的石福云说："别叫了……"恰在那时上课铃响了。石福云停止喊叫回到教室去了。

　　石福云身材中等，青春、洒脱。他的哥哥师范学校毕业，就在这所中学当老师。他的妹妹石爱玲和子寒在初一时就是同班同学，现在也和他在一个班。子寒就不明白，他都是第二次复课了，还有闲情用同学同音的名字去嬉闹，每天也潇洒得起来？

　　把心思全部用于学习的子寒在一次英语课上却出丑了。

　　老师让子寒站起来读刚学过的英语单词。开始的几个单词子寒顺利读过了，由于是刚学的单词，子寒忘记那个单词怎么读了，她停下来从心里拼那个单词怎么读。

　　在子寒后面的张子涵看子寒停下不读了，便小声告诉子寒怎么读。张子涵读过一遍后，见子寒还是没读，以为子寒没听清楚，就又大些声读了第二遍、第三遍。

　　子寒是想自己拼出那个单词怎么读，由于单词没注音标，子寒在想哪个字母该发什么音。张子涵在后面着急地教读反而打乱了子寒的拼读，子寒又不想接受张子涵的教读，一时停在了那儿。

　　老师看子寒读不出，就说："周子寒，坐下吧。"

　　子寒觉得自己出丑了：当着那么多同学的面连单词都没读好。

没想到几天后，张子涵因粗心大意也闹出了笑话。

一次语文课上，左老师一脸严肃地说："我看了昨天的作业，有的同学太粗心了。居然把《从甲骨文到口袋图书馆》写成《从甲骨文到三味书屋》。"

同学们听后笑了，相互看了看：会是谁呢？

老师依然表情严肃地说："他就是张子涵同学，写作业的时候心跑到哪里去了？以后注意写作业别走神，不要再犯这样的错！关公战秦琼，能打到一起吗？"

老师的话音刚落，就有同学笑出声来；也有同学不大声笑，在抿嘴偷偷地笑。可能因为张子涵是成绩好的学生想不到他会犯那样的错，还有的同学吃惊地微微张开了嘴巴。

一个人的粗心老师还没怎么生气，不久的一次作文课大部分同学居然集体粗心了一次。

老师让以《一个休假日》为题目写一篇作文。全班大多数同学都把"休"写成了"体"，包括不少成绩好的同学。左老师是真的生气了，他怀疑同学们的学习态度了，如此不用心，字都写错，以后怎么能考出好成绩？

老师在讲台上说的时候，子寒还不相信自己也写错了。等作文本发下来，子寒看到自己居然也把"休"也写成了"体"，顿时觉得羞愧难当。怎么会写错字呢？把那一横写上去的时候看来是真的没用心，以后可真得注意了。

紧张的学习在不断出现的小插曲中继续着。

初三上学期期中考试成绩出来了。这是自左锋、张子涵等复课生加入以来第一次排名次。子寒是应届生中的第一名，加上复课生，子寒是第十三名。金桂英依然排在子寒的后面。这样的成绩并不能使子寒感到高兴、轻松，因为当时招生名额有限，学校每年只能考上三五人，照那样的情况看，子寒明年的考试恐怕要落榜。

离考试还有一段时间，子寒告诉自己不能松懈，一定要坚持到最后。那年没有一个新生要求留级复读。

为爱为梦想努力

子寒在这所中学上学两年多了，老师和同学对她好像越来越好，对她也越来越信任，尊重。

一次下雨，子寒因自行车坏了走着去上学，生物老师的女儿（也是子寒的同学）玉霞骑自行车带着她弟弟看到了在雨中走着的子寒，让她的弟弟下车跑着去学校，她骑车带着子寒，她的弟弟没有怨言跳下车跑了。这对子寒来说是多么的感动，残疾人不被嫌弃已很知足，还被别人特别照顾，心里有些愧疚，所以要好好学习，将来有能力了回报他们。

冬天有晚自习。那天寒风刺骨，晚自习放学后，子寒拖着那条冻得冰凉的残腿，正推着自行车准备回家。班主任左老师看到了，他走近子寒，关切又信任地对子寒说："子寒，以后晚上别来上自习课了，自己在家复习就行。"

左老师在初二就是子寒的班主任，一年多的相处，他相信子寒会自律，即使不来学校在家也会好好学习，才允许子寒可以不来上晚自习的。

子寒很怕冬天的寒冷，那条残腿在早上起床时还是热的，起床后慢慢变凉，晚上睡觉时已变得冰凉。数九寒天，下午放学时，子寒感觉那条残腿已冻得有些疼痛，走路比平时更不灵活。

那条残腿没有体温调节能力，却有冷暖、痛痒感，冰痛的感觉让子寒感觉很不舒服，子寒从来不愿向别人说，坚持上晚自习。老师主动允许子寒可以不上晚自习，而且是以关切、信任的态度，并以长辈命令的语气不允许子寒再来上晚自习，子寒接受了老师的心意，晚上她把冰凉的腿放进被窝里暖着继续学习。

子寒对老师和同学充满感恩和回报之心，心中有爱学习起来也就更有力量。

子寒不知道自己在同学心里学习有多好，在一次抽考（学校挑选出一部分成绩好的同学和其他学校成绩好的同学比赛）比赛中，一个复课的男生有个填空题做不出来了，猛地回过头来，偷看子寒的答案。他就那么相信子寒把那道题做出来了？

当时，子寒被吓了一跳，她不知道那个复课男生是否看到了答案。没等子寒反应过来，他又迅速转身坐好了。幸好老师没有发现，子寒不赞成同学的行为，那关系到学校的名誉，但她没有出声。

当时过完春节，在公历 4 月中旬学校就进行毕业考试，课程比较紧张，上学期就要把下学期的课程学习一大部分。子寒不去上晚自习，省去了来回在路上的时间，残腿被暖水瓶暖着也会舒服些，她知道这些都来自老师对自己的信任，自己绝对不会偷懒。

1989 年的春节是 2 月 6 日，开学后，离毕业考试只有两个月的时间了。往年快毕业的时候，会有情绪不稳定的男生喝醉酒打碎教室门窗上的玻璃。可那年没有，教室的玻璃没一块儿被打碎，也没有打架的男生，似乎每个人都在尽自己的努力学习着，大概也都做好了考上或考不上的心理准备。

伴随天气的转暖，离考试的时间越来越近，石福云他们几个二次复读的男生收到了已考出去的同学的来信，高兴地忙着写回信，

然后抽时间去寄信。有些女生则穿上漂亮的春装去田野拍照留念，因为毕业后大部分同学将离开学校了，只有少数成绩较好的同学才回来复读。子寒没有时间和心情去拍照，书本的知识带给她心灵的滋养，她喜欢每门功课。

那年春天叔叔带来了大表哥去美国学习的消息，全家人都以大表哥为骄傲。

大表哥工作得意，感情却经历了变故、挫折。

去年他和相恋了七八年的女友分手了，原因是他的女友接连两年都没能考到北京去上班，最终结束了在不成熟年龄订下的婚约。

大表哥凭着自己的儒雅、帅气，有文凭有工作在北京又找了新的恋人——不仅有北京市户口，还年轻漂亮有文凭有工作。可生活变幻无常，大表哥和他的新女友一起去游泳，新女友不幸溺水身亡了。听说大表哥为此一连几天不吃不喝。

后来又有人给他介绍了和他在同一个医院上班的护士——后来的大表嫂。大表嫂长得苗条、漂亮，眼睛也好，不戴眼镜（姑父很注重这方面，怕影响下一代的视力）。她的父亲是大学教授。姑父和大姑都看好那门亲事，说等大表哥在美国学习回来就举办婚礼。

对于大表哥的婚事，子寒不知该说是对还是错，子寒倒是真的很羡慕大表哥能够上大学、能够去美国学习，家人提及大表哥总觉得骄傲。子寒也想成为大表哥那样的人，将来上大学，在社会上有自己的位置，因此她一定要努力学习。

为了自己的梦想而努力感觉是美好的，学习也不觉得累。

为了回报别人对自己的爱，为了梦想，子寒在那个美好的春天每天都紧张而幸福地学习着……

无心学习，却又不甘放弃

马上就学校毕业考试了。考试后，按成绩将有三分之一的同学被淘汰。子寒对这次考试并不担心，让她挂心的是：就在考试的前一天母亲和小姨去泰山烧香了。

年前父亲把养的水貂全都卖掉了，赶上貂皮价格下滑，除去成本、饲料，基本没赚钱。天气转暖后父亲从叔叔那里弄来些菜苗——茄子、辣椒、大葱，准备靠种菜赚些钱贴补家用。

不久前父亲还在村东头买下一块儿宅基地，家中剩下的钱不多了，往年母亲也没去过泰山，可不知为什么那年母亲非去泰山烧香不可，小姨便陪同母亲去了。

去泰山的当天，母亲没能赶回来，晚上她和小姨住在了泰山上。

母亲不在家，第二天早上，子寒早早起床做一家人的早饭。吃过早饭，子寒便去学校参加考试了。

一路阳光明媚、春风拂面，电线上已有燕子灵巧的身影，温暖的天气让子寒感觉浑身舒适，子寒从来不惧怕考试，每一次考试她的学习都会得到肯定。

子寒走进老师提前安排好的教室，找到自己的座号，她看到和她紧挨着的是石福云，那个复习了两年还很潇洒的人。两个人不熟悉，谁也没理谁。

子寒沉着地做完了试卷，又检查了一遍，觉得没问题了，就第一个交上试卷走出教室，石福云还在那里检查试卷，子寒显得比他还要"洒脱"。

中午，母亲还是没回来。直到下午考完试，子寒回到家，才看到母亲回来了。

母亲没有登山回来后的喜悦，却是一副没精打采的样子，话很少。子寒以为母亲是因为劳累才那样，没在意。因为第二天还要考试，晚饭后子寒便去复习了。

直到第二天下午，子寒考完所有科目，母亲依然那个样子：情绪低落，不怎么说话。接下来一连几天母亲都是那个样子。

学校的考试，很快有了结果，子寒作文差一分就得满分。历史、地理、生物考进前一、二名，物理、化学成绩也不错，一向认为好学的数学却考得不理想，接下来要在数学上多下些功夫了。

学校考试不久，就要进行全乡同学的考试，从中挑选出成绩好的同学再去参加县里的考试。这时家里的小麦不够吃了。家中种了 3 亩小麦，交上公粮，大约还剩 2000 斤，一家大小 8 口人吃。可能女儿们也都长大了，比小时候吃得多了，麦子吃着吃着不够吃了，不得不加些玉米面吃，当然爷爷除外。

此时母亲的精神越来越差，甚至不做饭也不吃饭了。

一次吃早饭，母亲呆坐在饭桌前却不吃饭，还把馒头一块儿一块儿撕下来往地上扔。子寒看后心里又着急、又害怕、又心疼。妹妹们喊她："娘，你怎么不吃饭？""娘，娘……"母亲好像没听见，根本不理睬。子寒都快急哭了。

整个家被沉闷的气氛笼罩着，父亲摆摆手示意孩子们吃饭。

吃完饭，子香、子夏去上学了。子秋在家中帮着干活儿。子寒不久就要参加全乡同学的预选考试，她收拾完碗筷也去上学了。

外祖父还不知道母亲的状况，可他知道子秋不上学了在家闲着，便给子秋找了一份工作，去德州纺织工业学校的实习工厂上班。

去年，子秋给叔叔家卖了大半年的菜，从叔叔家回来时胖了些，身体也结实了许多。不满十六周岁的子秋身高 1.62 米，看上去已经长大了。纺织工业学校的实习工厂招工，外祖父和那里的领导认识，便把子秋介绍去上班。

子秋要去上班了，母亲没有反对。子秋自己整理好行李，走了。

母亲对于子寒面临中考，以及子香、子夏也将要考初中，依旧漠然不顾，精神状况越来越不好。

子寒说不清母亲为什么会得那种病。因为父亲失去工作，家庭经济日趋紧张？因为和父亲思想不和？因为自己没有儿子？因为……子寒找不到答案。

母亲性格要强，生活不如意，遇事想不开，又爱憋在心里不说出来，长期心理压力太大才得了那种病吧。

如果母亲豁达、勇敢、坚强该多好。子寒着急、难过，看到母亲的样子又觉得心疼。

母亲病后，日夜需人看护，须臾不能离人，不然母亲一人出去可能会有意外。

父亲请过三四个人给母亲看过病后，母亲的病还是不见好转。

母亲那样，子寒已无心学习，手捧着书也看不下去，人都快崩溃了。

一天早上，子寒头晕得厉害，起不来床了。爷爷看子寒没去上学，就在屋外问："燕青，你不去上学了？"子寒觉得无力说话，没回答。

爷爷听不到子寒回答，把声音提高些又说："你别吓爷爷，你怎么了？说话！"

子寒勉强抬起头说："我没事，头晕，想多睡一会儿。"

爷爷听到了子寒的说话声，放下心来，然后问："你想吃什么？爷爷去给买。"

"爷爷，我都多大了，不吃什么。我没事，睡一会儿就好了。"子寒有气无力地说。

"不行，病了一定要吃东西。"爷爷态度坚定。子寒只好说："那您给我买几个苹果吧。"

爷爷真的给子寒买来了苹果。子寒看看日渐变老的爷爷，心里十分难过，眼泪湿润了眼睛，不知该说什么。母亲老说爷爷好吃不过日子，爷爷也不是没有长处啊，尤其对自己这个残疾孙女特别疼爱。

子寒告诉自己不能病倒，母亲病了，自己不能再病倒给家人添乱，再说自己也快考试了。子寒吃了爷爷给买的苹果，睡了一上午，下午便去上学了。

很快就到了乡考的时间。子寒自信全无，因为晚上没有睡好，进考场时头昏沉沉的觉得还想睡觉。

乡考，子寒还是通过了。

全乡选上三十多人，子寒那个班就选上 18 人：13 名复课生、5 名新生，听老师说子寒的成绩在新生中还是最好的。

对于成绩怎样，子寒已不太在意了，她已没有信心坚持到最后了。

外祖父也知道母亲得病的事了，让父亲陪母亲去他所在县的医院治病了。

二妹子秋回来了，她已在实习工厂上班了，回来看看母亲。见母亲不在家，她又去姥姥家看母亲，然后回德州上班了。

父母不在家的日子，子衡由爷爷照看，子香、子夏去上学。子寒继续去学校复习功课。以前有八十多人的教室，只剩下十八人，男生在教室的后边，女生在前边，老师不怎么管，基本是自由复习。

在一个比较热的下午，有带钱的男生背着老师偷偷去附近的冰糕厂买冰糕。只去一个人，即使老师来检查也不会在意。买回冰糕他们男生分着吃，还低声谈论着："你家买冰箱了吗？"

"我家还没买，你家买了？"

"我家今年买了辆机动农用车，明年就买冰箱。"

教室很安静，他们的谈话声女生也能听到。有的女生冲男生那边撇撇嘴，意思是在说：显摆什么。

提到钱，子寒感到有些难为情，自己家没有钱，为了给家中节省一元钱，自己连毕业集体合影照都没要。

子寒从不向同学说家中的情况，许多同学也都不知道子寒家的情况，有不少同学都认为子寒家的条件不错。

男生们吃完冰糕，又开始复习了。女生们也都各自复习着。子寒也拿着书不停地翻看着。

快去县城考试了，父母还没回来。去县城考试要交十五元报名费，子寒犹豫着：是交？还是不交？最后决定交，是成功还是失败都要去试一试。

子寒自己没钱，只好向爷爷要了十五元钱，交了报名费。听说当年大姑哭了三天爷爷都没让她去考初中，这次爷爷对子寒可是例外了。

去夏津县城考试的前一天下午，父亲、母亲回来了。

母亲的病虽然没被治好，但安静了许多，已不再跑不再闹了。对子寒明天将去县城考试的事母亲全然不知。子寒见母亲的病好转了些，心里得到许多安慰。而且因为父母回家来了，子寒心里感觉踏实了许多，父母不在家的日子，总觉得心里空落落的。

子寒告诉父亲她向爷爷要了十五元钱交了报名费。父亲让子寒还给爷爷十五元钱，因为那是爷爷的钱，不能随便要。

晚上，子寒早早休息了，只等明天一早去县城考试。

考试路上

第二天早上，子寒起床后，看到母亲和妹妹、弟弟还没起床，父亲却没在家。子寒以为父亲去田地了，一会儿就会回来，便准备做早饭。

子寒正想去院外抱柴火，身材高大的祥舅骑着自行车来了，他从子寒同学那里听说子寒要去县城考试，便打算去送子寒。

子寒非常感激祥舅一大早跑来送自己去考试，但她不想让祥舅去送自己，还不知自己能否考好，再说自己骑自行车又不是去不了。她执意让祥舅回去了。

去夏津县城有五十里的路程。早饭后同学们到学校集合，然后跟班主任左老师一同出发去县城。父亲说穷家富路，给了子寒二十元钱，让子寒去夏津一中金龙爷爷那里住买点吃的东西。

金龙爷爷是子寒小时候的玩伴玲玲的爸爸，他在一中当老师，玲玲和她爸爸也住在那里。玲玲家和子寒家是邻居，按辈分子寒还叫玲玲小姑，子寒很高兴去那里住，可以见到玲玲。

父亲还去了金廷爷爷家（金廷爷爷和金龙爷爷年龄都和子寒父亲差不多，只是辈分大），金廷爷爷是子寒所在中学的老师，他的儿子国玉和子寒是同学。父亲还拜托金廷爷爷，让他告诉陪同子寒他们去考试的老师，路上照顾一下子寒，怕路途远，子寒骑不到。

当时是 5 月中旬，那次考试是全县同学的预选考试，被预选上的同学才有资格参加 7 月份的最后考试。当时的考试制度和现在不同。

那天，从学校一准备出发便刮起了大风。草长莺飞、田野碧绿的 5 月中旬，风吹到人的身上早已不觉得冷，却给骑车赶路的人增加了阻力。老师和女同学都不让子寒自己骑车，说路途远，又刮着大风，怕她骑不到县城。子寒争不过同学和老师，答应让人带着。

第一个带子寒的人是朱志香。朱志香是女生中个子最高的。她是被选上的五个新生之一。她学习十分努力，平时很佩服子寒的学习成绩。其实她也是一个颇有个性的人，后来她考上了大学，因不是公安大学，就没去上。很遗憾，经过一年复习她还是没能考上公安大学，去了外语学院。

从学校一出发，朱志香就主动热情地要带着子寒，金桂英骑着子寒的小自行车，到夏津县城后以方便子寒自己骑车。金桂英的自行车让她已经读初一的妹妹骑回家。

子寒坐在自行车上，内心那种不自在、不舒服的感觉传遍全身的每个角落，感觉自己真是个废人，还要劳累同学带着自己，而自己又不知该如何回报老师、同学的关心、照顾。

由于是逆着大风骑车，朱志香骑出没多远就累了，看样子骑不动了。子寒不好意思让同学带着自己，在后面连声说："朱志香，你停下吧！让我下去！"

朱志香停下了，老师和其他同学也停下来。子寒诚恳地对老师说："老师，还是让我自己骑车吧。"

老师说："风这么大，我们都骑不动，你就更骑不动了。"

子寒知道自己骑车会很费力，但她不想拖累同学。她坚持说："你们先走吧，我自己在后面慢点儿骑，早晚也会到的。"

可老师不同意把子寒扔下不管，子寒自己没去过县城也不认识路，再就是金桂英骑着子寒的自行车，如果子寒骑车，金桂英也就没车骑了。最后子寒只能听老师的，由老师来带着她。

班主任左老师和子寒是同村人，有四十岁的样子，穿一身蓝色中山装，里面套着白色衬衣。他平等对待每一个同学，同学们对他也很尊重。

大风迎面吹来，刮得人呼吸都有些困难。骑出没多远，左老师的额头冒出汗来，停下擦汗。这时，一个男生主动过来对老师说："老师，我来带她吧。"

说话的同学是金廷爷爷的儿子，子寒叫他国玉小叔。

老师同意了，让国玉小叔带子寒。

以前农村孩子上学晚，初中毕业时大都十七八岁了，大致相当于现在高中毕业生的年龄，又加上复读，有些男生都长成大小伙子了。国玉小叔也是复课生，他个子也算较高的，身体健壮，结实。

国玉小叔比老师带子寒骑出的路程要远一些还没说累。到达一个小村庄时，老师让同学们停下休息一会儿再走。

休息的时候，左老师轻轻叹了口气说："看来今天这风是跟我们较劲啊，风力一点儿也不减弱。"

爱说笑的石福云对老师说："老师，咱不用着急，一上午怎么也能到，下午也只是认识一下考场，明天才考试。"老师点点头。其他几个男生也表示不着急。

再次启程时，子寒没想到，身材高大的李家睦同学主动过来替国玉小叔带子寒。李家睦长得又高又壮，头发略微有点自然卷曲，说话直爽、热情。

李家睦在子寒上初一时就是初三的学生了。上初一时子寒看过他的表演，那是在元旦学校开的联欢会上，李家睦唱了歌曲《小草》，还和另外一个男生表演了一段相声。那天天下着雪，同学们的热情不减，拥挤在校园中观看表演。

虽然现在是一个班的同学了，可子寒从来没和他说过话。子寒迟疑着没上他的自行车。

李家睦看了子寒一眼，笑着说："上来吧，什么年代了，还封建（思想）。"

子寒不由看了一眼随行的左老师。

左老师对李家睦的热心举动也没想到，他看了看李家睦笑了，然后对子寒说："上车吧。让他带着你。"

子寒坐上了李家睦的自行车。风力依然没有减弱，风不时无情地卷着土粒迎面吹来，麦田不停翻卷着麦浪，树枝随风狂舞。一个人骑单车都有些费力，再带上子寒更难前行。

又骑出一段路，曾在窗口"子涵、子涵"叫不停的石福云对李家睦说："累了吧？累了说一声，我带她。"

李家睦停下深呼了一口气，他大概真的累了，子寒也有一百多斤重呢，用自行车带着的确是有重量的。

李家睦停下后，换成了石福云带着子寒。

"你往前坐点儿！偏后带着你感觉太重。"子寒没想到石福云在命令自己往前坐。其他男生也对子寒说："是啊，你往前坐点儿，那样带着会感觉轻松些。"

子寒不好意思和男生靠得太近，坐得偏后了点儿。同学们都那样说，子寒就向前移动了一下。

又骑出一段路，老实、帅气的周伟健又主动替石福云。平日潇洒的石福云居然还很细心周到，他说他的自行车后座，子寒坐着会更舒服些。他让周伟健骑他的自行车带子寒，他去骑周伟健的自行车。

周伟健和他交换了自行车。

其实子寒也没感觉到石福云的自行车坐着舒服，坐车子的时间长了腿和屁股都很酸痛，面对同学的好意，子寒没好意思说实话。

后来朴素、长相一般的郭金盛又主动代替了周伟健。

张子涵是最后一个带子寒的同学。准确说他是把子寒一直带到县城的人。

当郭金盛带子寒骑出一段路后，国玉小叔、李家睦和石福云都对郭金盛说："累了吧？累了就换一下，我们带她。"

当郭金盛停下来时，没想到一直默不作声的张子涵抢先一步走过来面带微笑说："我带着她吧。"

张子涵，那个让子寒感觉亲切的人，终于站出来带子寒了。子寒自己也说不清为什么希望张子涵带自己，大概觉得和他从小认识又沾亲带故吧。子寒心里希望张子涵带着自己，表面却没什么表现。

因为石福云说他的那辆自行车子寒坐着会舒服些，换人带子寒的时候，自行车一直没换，张子涵依旧骑着石福云的自行车带着子寒。

子寒不知道张子涵为什么到现在才站出来说带着自己？大概是榜样的力量吧。

因国玉小叔和李家睦带头站出来带子寒，又有其他几个同学的跟进，其他随行的同学谁不带子寒好像谁就不是"雷锋"似的。

严肃的班长也忍不住了，说要带子寒。

班长左峰成绩好，有魄力，可就是有些不近女生。他从不理女生，他严肃，又体胖，女生好像也不怎么喜欢他。

当张子涵带着子寒骑出一段路后，班长左峰骑到张子涵身边，压低了声音温和地说："累了说一声，我来带她。"

左峰的行为让子寒感觉出乎意料，原来看上去严肃、阴沉着脸的班长也有热心的时候。

　　子寒以为张子涵会停下，把自己交给左峰带。可张子涵没有停下，他声音不大地回答："不累。我带着她吧。"说着继续带子寒前行。

　　子寒莫名地希望有个男生一直把她带到目的地，不愿被男生换来换去，可那又不是她说了算的，风太大，同学会累。

　　张子涵和李家睦、周伟健、国玉小叔相比身体略显单薄，子寒觉得张子涵一会儿累了，肯定也会换人带自己的。左峰一直和张子涵并列骑行，大概是等张子涵累了停下，他就打算带着子寒吧。

　　又往前骑行了一段，三十多岁穿着浅灰色夹克衫温文尔雅的物理老师骑自行车从另一条路上赶来与同学们会合了。

　　物理老师和左老师打过招呼后，看到张子涵带着子寒，就关切地对张子涵说："停下，我带着她吧。"

　　物理老师说着骑车到了张子涵车前，左峰退后了些。

　　子寒以为张子涵这次会停下，可他却说："不用，老师，我不累。"子寒被感动了，心里流过一股暖流，她不由看了一眼张子涵略显单薄的背影，倒有些担心他是不是也累了。

　　十七岁的子寒自己也说不清楚自己对张子涵是怎样的一种情感，心跳加速，表面还若无其事的样子。

　　物理老师看张子涵没停下，竟然说："那我给你挡风吧。"

　　子寒有些怀疑，物理老师能挡住风吗？或许也只有"物理"老师才能想到挡风吧。

　　风从偏左的方向刮来，物理老师紧挨着张子涵骑行在他的左前方为他挡风。子寒心中有说不出的感动，有这样的同学老师是多么地幸运！

不知风被感动了，还是刮累了，风速逐渐变小了，又有物理老师挡风，张子涵一直把子寒带到了县城，在一个宾馆门前停下。

子寒从自行车上下来，腿有些麻木，怕摔倒站着没敢动，深舒了口气，终于到了。

子寒看了一眼还一脚踏地坐在自行车上的张子涵，他的脸上露出满意的表情，那也许是一个男孩子力量的显示：他是带子寒行走路程最长的人。

班主任老师和男生，还有几个女生去住宾馆了。年轻的物理老师送子寒、周子燕、金桂英去夏津一中住。

金桂英的哥哥是一中的老师，她去她哥哥那里住。周子燕和子寒都去住在一中的玲玲家里。

周子燕骑着自己的自行车，金桂英骑着子寒的小自行车，子寒没有自行车，就由物理老师骑自行车带她去一中。

中午了，正赶上下班时间，路上行人如织，车辆往来穿梭。路过一段较窄的卖菜的路段时，由于人多拥挤，物理老师从自行车上下来，推着自行车向前走。子寒从自行车上跳下来，想自己走过卖菜的路段。物理老师发觉后，责令子寒坐回自行车上，推着她走过拥挤的路段。物理老师一直把子寒送到一中的教师宿舍才回宾馆。

最想考好的一次考试

其实，老师、同学对子寒越好，她的心理压力越大，她怕自己考不好，对不起老师、同学，辜负他们对自己的信任，让他们失望，这次来考试，子寒是没有信心考好的。

经向同学打听，找到了玲玲的住处。在玲玲家门外，金桂英把子寒的自行车还给子寒后就去她哥哥的宿舍了。子寒推着自行车和周子燕一起走进玲玲住的宿舍小院。

玲玲和她的妹妹小梅都放学刚回来。一见面，玲玲就惊喜地问子寒："你真的来考试了？"

子寒知道玲玲是为自己作为残疾人能被预选上来县城考试感到高兴，她笑着点了点头。

玲玲把子寒和周子燕领进她和小梅住的房间。

玲玲和她的妹妹小梅以及她们的爸爸住在一个有两间平房的小院里。外屋她们的爸爸住，里屋玲玲和她妹妹住。外屋放着一张单人床，床前挂着一道布帘，还有一张办公桌、一个吃饭桌和一个碗橱。里屋放着一张大床、一个衣橱和一张书桌。

外屋那张单人床是玲玲爸爸睡的。看来，晚上，周子燕、子寒要和玲玲、小梅同挤在那张大床上睡。

当玲玲听说周子燕和子寒也都还没吃午饭，急忙去学校的食堂买馒头，去晚了怕没有了。

周子燕和玲玲去买馒头了，子寒在家炒肉丝甘蓝。

等玲玲她们买回馒头来的时候，子寒也快把菜炒好了。玲玲又凉拌了两根黄瓜，周子燕还从家里带来了煮熟的咸鸡蛋，饭菜就算准备好了。

玲玲的爸爸去和左老师一起吃饭了，家里就只有玲玲姐妹和周子燕、子寒四人吃饭，昔日的玩伴难得相聚，一边吃饭一边谈论着过去、将来。

下午，子寒、周子燕、金桂英一同去看考场。

考场在六中，六中离一中大概有二三里路程。金桂英骑了她哥哥的自行车，子寒和周子燕分别骑着自己的自行车一同去六中。

中午风小了，下午却又刮起一阵狂风，刮得人都有些站立不稳。子寒她们进入六中，刚停下车子，恰巧路过的李家睦走过来接过子寒手中的自行车帮她放到存车处去。子寒看到身边的周子燕有点不高兴。

子寒当时不明白周子燕为什么会生气。直到十多年后，子寒听说周子燕和李家睦结婚了。子寒忍不住笑了，才明白当初周子燕为什么生气。子寒觉得李家睦和周子燕还真有点夫妻相，他俩的头发都有些自然弯曲。

其实当时子寒更希望帮她推车子的人是张子涵，她没有看到张子涵的身影。

同学们被分到了不同的教室，各自拿着准考证去找自己考试的教室。子寒按准考证号在二楼找到了自己的教室，门口站着一位四十多岁烫着卷发的女老师。

子寒前面的同学顺利走进了教室，那个女老师却把子寒拦住了。她把子寒和准考证上的照片认真比对后不情愿地让子寒进去。

子寒可以想到那个女老师之所以对自己那种态度，是因为自己是残疾人。在子寒所看到的考生中只有她自己是残疾人。

　　子寒走进教室，平复了一下有些难过的心情，按准考证号找到自己的位置：在南边第一排。

　　看过考场后，同学们各自回各自的住处。

　　回一中的路上，在一个拐弯处，子寒和迎面急速骑车过来的一个男子躲闪不及撞上了，自行车倒向了右边，子寒的右腿无力，身体和自行车一起摔倒在马路上。子寒的手指被撞破了。那人看了看他自己的自行车，发现没坏。问子寒："你没事吧？"

　　子寒站起来，看了看自己的自行车也没坏，就说："没事。"

　　子寒觉得谁也不愿撞车，既然没事就让那人走了。周子燕、金桂英看子寒的手指流血了，都埋怨子寒不该让那人走，应该让他去给看手。

　　子寒说："没事，就破了一层皮，过两天自己就好了。"说完三个人接着往前走。

　　路过菜市场时，子寒想起该买些菜带回去。周子燕从家里带来些咸鸡蛋，而自己什么也没带，可临来的时候父亲给自己钱了。中午看玲玲家菜没了，子寒便买了些黄瓜、西红柿捎回去。

　　还不到放学时间，玲玲家没人，子寒和周子燕就在一中的校园转了转。从德州准备回来上初中的时候，子寒就听当时的语文老师——田老师说起过夏津一中，她也曾向往到一中读书。可现在母亲的病还没好，家中的经济状况不好，她不敢往下想。

　　放学后，玲玲和她爸爸几乎是同时回来的，进屋后，周子燕说出了子寒在路上撞上自行车把手撞破的事。玲玲和她爸爸都急忙问子寒："撞得厉害吗？"

　　平时碰破手指，子寒从来也不当回事，过几天就好了，现在这么多人子寒不好意思地说："没事，只是把手指撞破了一层皮。"

玲玲的爸爸看了看子寒被撞破皮的手指对玲玲说："把碘酒拿来，给子寒抹点儿。"

玲玲拿出家中备用的碘酒责怪子寒说："撞破了怎么也不说呢？"

"没事，就破一点皮儿，很快就会好了。"子寒说。

"抹点儿碘酒，别发炎了。"玲玲说着给子寒轻轻地抹上了碘酒。平时子寒碰破手指也从不抹药，自己就好了。别人的热情关心让子寒有点不自在。

玲玲的爸爸没有在家吃晚饭，他去宾馆了，听说孙校长也来了，玲玲的爸爸去和孙校长以及班主任左老师一起吃晚饭了，他们早就认识，既是同事也是老乡，他们要趁这次机会聚一聚。

晚饭后，子寒使自己什么也不去想，把心静下来，认真复习功课。没有哪一次考试像这次子寒那么希望自己能考好。

第二天，风停了，阳光明媚，气温怡人。早饭后，子寒和周子燕、金桂英骑自行车去了六中。

刚到六中大门口，就看到了孙校长和班主任老师，他们正站在学校大门口。孙校长看到了子寒关切地问："你的手没事吧？昨晚听周老师（玲玲的爸爸）说你被自行车撞了。"

没想到昨晚玲玲爸爸和老师还说起了自己，校长也知道自己撞自行车的事了，子寒有些不好意思，急忙说："没事，已经快好了。"

孙校长又温和地叮嘱说："以后骑车子的时候，多注意点儿。"

"嗯。"子寒认真地点点头，然后和同学们一起进入六中，这时来自各个学校的选拔出的成绩优秀同学也陆续走进考场。

昨天已认过考场，子寒顺利找到了自己的位置坐下来。子寒没看到昨天在教室门口拦住她进行检查的那个老师，监考的是一对较年轻的男女老师，他们似乎并没在意子寒是残疾人——他俩说笑自然。

考试进行了两天，子寒认真地做每一份试卷，每一道题。

题全做出来了，没什么不会的，不论是数学、物理、化学还是语文、英语，子寒觉得都做得很顺利。

子寒真想快点儿知道那场最想考好的考试的结果。

自己骑车回家

　　到夏津县城后的第三天下午 4 点多，考试结束了。孙校长和物理老师因有事在开始考试的第一天就回学校了，只剩下左老师陪同学们一直到考试结束。

　　金桂英要留下来，等到星期天和她哥哥一起回家。其他同学和左老师集合后一起回去。

　　集合后，男同学是想"雷锋"做到底，他们停着不走想再带子寒回去。

　　那天，微风习习，天气晴朗，子寒坚持自己骑车回去。她一脚踏地，坐在自己的自行车车座上准备出发。

　　石福云——那个平日洒脱、爱说笑的人还挺热心，他对子寒说："下来！带你回去，路远你骑不回去！"

　　子寒诚恳地说："没事，我能骑回去。"

　　其他几个男生也说："下来，带你回去吧！""是啊，路远，还是带你回去吧！"

　　所有同行的男生都停着不走。女生和老师也都站在那里。

　　子寒很感动，可还是坚持自己骑车回去，在自己的自行车上坐着不肯下来。她有信心自己骑回去。

　　左老师看子寒态度坚定，稍加思考，意味深长地对男生说：

"让她自己骑车回去吧。"

"老师，她能行吗？"男生中有人说。

"让她试一试吧！"老师语气坚定。

男生们不再说什么。大家一起出发了。

开始，老师、同学一起前行，女生骑在前面，男生和老师骑在后面。骑出一段路后，有男生对老师说：他们要去不远处的一个书店看看，不和老师以及女生一起走了。老师同意了。

男生们飞快地骑到女生前面去了，没多久都看不见影子了。左老师也说有事和女生分路行走，只剩下六七个女生不紧不慢地骑着自行车。

地里的小麦再过两个多星期就要成熟了，阵阵风儿吹过，青青的麦穗在风中悠悠起舞。路边树木的枝叶以及路边的小草都展现着新鲜的绿色，还不时看到素白、金黄的小花，偶尔还有一两只蝴蝶飞出，可能子寒那件白地亮紫色花朵的衣服吸引了蝴蝶，蝴蝶追着子寒翩翩飞舞了一阵儿才停下。

景色宜人，气温舒适，又没有了老师和男生，女生的话题变得轻松、随意起来，一会儿说起这个同学，一会儿又谈论那个老师。对于她们谈论的那些子寒都不知道，她想到尚在病中的母亲，也没心听那些，只想快点儿回到家中。

不知路程走了多少了，忽然从身后传来自行车的声响和男生的说话声，女生们不由回头去看：骑到前面去的男生居然从后面冒出来了。

不知他们从那条路绕回来，他们说笑着，不等女生反应过来，很快又超过了女生们，骑到前面去了。

几个女生望一眼突然冒出，又急速远去的男生的背影，互相看了看不由笑了起来。

等西边的天空出现了美丽的晚霞的时候，子寒她们看到了被麦田和树木包围着的熟悉的村庄。进入村子，同学们分开来，各自回家。

大门敞开着，子寒直接把自行车骑进院子。

停下自行车的时候，子寒感觉自己从自行车上下不来了，仿佛自己和自行车已成为一体。两条胳膊酸酸的，左腿酸痛，右腿因不用力有些发胀的感觉。

虽然累，子寒心里却很有成就感：自己靠一条好腿骑了五十里路程，顺利回到了家中。

重燃希望

母亲虽然安静下来不跑不闹了，但仍不知做饭更不知去田地里干活儿，每天发呆地坐着。

子秋去上班了，子香和子夏还在上学准备考初中，子寒继续担负起家中做饭、洗衣的任务。尤其四周岁多的子衡每天都自己跑出去玩，每天都把衣服弄得脏兮兮的，子寒每天都要给子衡洗衣服。

几天后，夏津县城那次考试的结果公布了，子寒没能通过。五个新生没有一人通过。

子寒第一次尝到考试失败的滋味儿，虽然在预料之中，心中还是感到难过。子寒很想知道自己的试卷做错在了哪儿，可试卷是不发的。子寒甚至想自己的作文是不是跑题了。

子寒除了难过还感到惭愧。觉得自己辜负了老师和同学的信任、帮助，令他们失望了，真不知怎么面对他们。

子寒刚上初中时就对父亲说：她要不复读考上学。三年的努力还是以失败告终。

子寒知道就算是县考通过了，自己也坚持不到最后，7月份还有最后一次考试，自己因母亲的病已不能安心学习了。

接下来又该怎么做？选择复读吗？子寒看看还未病愈的母亲，

一时陷入迷茫中。

这天，快中午了，阳光明晃晃地照着大地，人站在太阳下，身体感觉四周像着了火一般，村中的大街上没有几个人。子寒去院子外抱些棉花柴，准备做午饭，恰巧遇上了初一时的同桌袁翠莲，她正骑着自行车路过，看见子寒从车上下来，说："子寒，你这是准备做饭呀？"

袁翠莲和子寒不是一个村的，子寒没想到在家门口能遇上她，便问道："袁翠莲！你干什么去？"

袁翠莲皱起眉头说："我想找人问一问看能不能去上高中？"

袁翠莲的学习成绩一般，应该不是去一中上高中吧？子寒想着就问了一句："上高中！去哪里上啊？"

"去四中。"

"问过了吗？能去上吗？"

"我这不正想去问吗？听说应该能上……不和你说话了，我走了。"袁翠莲说完骑上自行车走了。

子寒有些羡慕袁翠莲能去上高中了，要不是母亲得病自己也想去读高中。

子寒一边想一边用左手抱起棉花柴准备回家。这时有两个和子寒同村的男同学路过，其中一个男生开玩笑地对子寒说："子寒，你怎么不叫张子涵来给你抱柴火？"

子寒听了，顿时觉得脸有些发热，她一向不和男生开玩笑，一时不知说什么，生气地看了男生一眼。

男生说完似乎也觉得玩笑开得有点过分了，有些不好意思地笑着匆匆离开了。

男生的话让子寒感觉心中不是甜，也不是酸，特别不自在。因为同音字的名字就开那样的玩笑吗？

婚姻是每个长大、成熟后的人都要面对的问题。当时在农村和子寒一样大的已有结婚的了，子寒本家的小双姑和子寒同岁，在正月的时候就结婚了。子寒把全部心思都用到了学习上，还没想过婚姻的事。男生的玩笑也使子寒对未来的婚姻有了想法。

子寒承认每当见到张子涵，自己就会有一种亲切、踏实的感觉。

亲切源自同音的名字，源自小时候就认识，源自彼此的母亲是从小一起长大的姐妹。

踏实因为什么呢？当张子涵去制止男生学子寒走路时、当他坚持骑自行车把子寒带到县城时，子寒的心中会有一丝暖意，感觉心里很踏实。

涉及婚姻，子寒觉得还是隔座高高的山，隔个茫茫的海，遥不可及。且不说不知道张子涵怎么想，就算是他能接受自己，愿意照顾自己，可别人会怎么看？怎么说？自己会因是残疾人而有压力的。

子寒知道自己成绩好，心善良，有责任心，不怕吃苦。也有人说自己长得不丑，甚至有人说自己长得漂亮。可毕竟自己是个残疾人啊！

子寒真希望男生不要再因名字的同音而开玩笑，真的感觉很不舒服。

至于将来要找一个什么样的人相伴终生，十七岁的子寒自己也不知道。她觉得首先自己要学有所成，在社会上有自己的立足之地，能够有尊严地生存。

子寒想好了，等到再次开学也去复读一年，反正去复读，书不用买了，学费也交得不多。如果还考不上，自己就选择养殖或种植，然后一边劳动一边写作。是的，劳动之余，读书写作，子寒觉得那应该是一件很惬意的事。

　　想到这些子寒心中又有了一缕阳光，生活又有了方向，心情舒展了许多。

搬回自己的院子

麦收结束了，天气变得越来越炎热。

父亲种的菜也陆续能卖了，主要是茄子和大葱。由于母亲得病菜园疏于管理，父亲又是头一次种菜，茄子的个头长得比较小，大葱生命力较强生长得还算可以。

家乡人都习惯吃长茄子，父亲种的是从叔叔那里弄来的一种叫"大红袍"的圆茄子，本来以为圆茄子卖的人少会好卖，可能是长得比较小的缘故，很少有人买，只好便宜些卖。

在本村的集市上茄子卖不完，星期天三妹子香和父亲一起骑自行车去离家较远的集市上卖茄子，一直到下午一点多才回来，茄子还剩下大半没有卖掉，父亲有些颓丧，看来想靠种菜来多赚些钱的想法又落空了。

正当父亲为菜不好卖发愁的时候，爷爷的两个叔伯弟弟从东北带着他们故去父亲的骨灰回来了，要在老家重新办丧事。

子寒父母现在住的房子是爷爷的两个叔伯弟弟的，父亲决定搬回自己的三间砖硬皮房中住，把现在住的房子空出来让爷爷的两个叔伯弟弟为他们的父亲办丧事用。

那三间砖硬皮的房子屈指算算已有整整十年多（从1979年春到1989年夏）没住人了，墙壁、门窗却依然完好无损。

自从家里有了耕牛，那三间房屋里经常储备耕牛的草料。像玉米秆、谷子秆、麦秸打碎后怕被雨淋就储备在里面。因为要住人便把草料运到爷爷院子里的东跨屋里（紧挨着北房东头单独的一间房子）。

那三间砖硬皮房屋的院子里的西边有五棵枣树，一大四小。那棵粗大的枣树是特意种的，那四棵小枣树是大枣树的根系在院子里蔓延，自己生长出来的，而且两两并列生长，犹如兄弟姐妹，手足情深，也似一对相爱的恋人相互偎依。五棵枣树的枝杈上结满了串串青色的枣，大枣树上还有一个挂满枣的树枝伸展到了三间北房的西窗旁，躺在西屋的炕上就能看到油绿的枣叶和翠色的枣。

屋门口的东侧有一棵高大的开白色花朵的石榴树，院子的南边则种满了榆树。

枣树、石榴树、榆树都是十年前就有的，生长了十年都更加粗壮高大，它们都以茂盛的姿态欢迎主人的回归。

房子、院子经过收拾倒也还是一处不错的居所。

为了照顾母亲，子寒也跟随父母搬到那三间砖硬皮房屋里，子香、子夏、子衡也都搬过去。老院子只留下了爷爷和耕牛，当然，只是暂时的。

葬礼结束后，爷爷的两个叔伯弟弟又回东北了，父亲决定不搬回去住了，因为春天父亲已买了新地基，打算等新房盖好，搬到自己的新房去住。

父亲去上班了

叔叔也回来参加了葬礼，听叔叔说大姑家的大表哥已从美国学习回来，回医院上班了。表姐也结束在济南两年的学习生活回房管局办公室上班了。小表哥已成为一名交警。

为了改变子寒家经济紧张的现状，叔叔说大姑和姑父给父亲也找了一份工作——去德州的一家私营面粉厂当会计。

母亲的病还没完全好，每天呆坐着，父亲不放心母亲，犹豫不定：是去上班还是不去呢？

子寒觉得父亲去上班家中的收入就会增加，能改变家中紧张的经济状况，母亲的病情或许也能得到好转。像玲玲的父亲在县城当老师，玲玲的母亲在家种地日子不是过得挺好吗？

于是子寒对父亲说："爹，你去上班吧，娘由我来照顾。去试试看，不行再回来。"

父亲看看子寒说："你能行吗？"子寒点点头说："行。"有子寒的支持，父亲决定去上班。

父亲临走前，把给棉花喷洒农药的事托付给湾爷爷，把菜园托付给洪喜爷爷，他们都是可信赖的人。只剩下给棉花打杈、掐顶的活儿由子寒和子香来完成。

父亲走了。父亲走后的当天，母亲一脸惊恐的表情，轻手轻脚走到放柴火的小东房屋里四处环视，然后又带着惊恐的表情轻手轻脚回到屋里来。子寒问她看什么，她不说话。

母亲的样子令子寒后背有些冒冷气，心里又害怕又难过。但她马上镇定下来，对自己说：不要怕，她是自己的母亲有什么好怕的，要相信母亲的病会好起来，一定会好起来。

想到母亲的病一定能好，子寒的心中没有了害怕的感觉，充满期盼。

父亲走后，子寒和子香依旧睡在西里屋，子夏和子衡和母亲睡在两张床拼起来的大床上。白天子寒和子香去田地干活儿。子夏和子衡在家。子衡在家待不住，经常一个人跑出去玩，爷爷、奶奶、婶子、大娘都认识他，会帮忙照看。子夏有时也会去给家里的黄牛拔草，母亲一人待在家也不乱跑。

父亲走了大约一个星期，母亲的病情居然真的好转了。那天中午，子寒和三妹子香顶着烈日从棉田干活儿回来，子寒在院子里洗完了手和脸准备去做饭，却发现母亲居然把饭做好了，锅是热的，母亲熬好了小米粥，熥了馒头。子寒欣喜地走进屋里看到饭桌上还放着一盘已经炒熟了的茄子。

母亲已经有好几个月没做饭了，看到母亲做好的饭菜，子寒高兴得眼泪流出来了。看来母亲的病真的要好了！

父亲走了十多天后回来了，看到母亲知道做饭了，放心了许多。吃饭的时候父亲高兴地对子香说："你姑父正在托人给你办理城市户口，户口办下来，你就去上班。"

子香没有说话。

子寒听后疑惑地看着父亲小声说："办城市户口！不……违法吗？"因为子寒在收音机上听到过有人违法办户口的事。

父亲听后有些生气地对子寒说："有机会谁不把户口往城里

办，能有什么事！"

子寒低声说："子香上学成绩挺好的，我觉得还是让她上学考出去好。"父亲反驳说："你第一年都没考上（学），我看她也不一定能考上。再说就是考上了，将来不也还是上班，能上班有份正式的工作，咱干吗还要上学？"

子寒说："可上完学后去上班和不上学就去上班不一样！"

"有啥不一样，不都是农转非，上班吗？"父亲很坚持自己的看法。

难道父亲真的认为上学和不上学上班一样吗，还是父亲想走一条捷径？子寒没能说服父亲。

父亲又回德州上班了。

回校复读

8月10日，子香和子夏都去上初中了，地里的棉花杈已打过，顶也掐去了，好像一时也没什么活儿可干，子寒也回到学校复读。

那年，左峰考上了中专，他将去农校上学。

张子涵的成绩超过了左峰，被一中录取。可他没去上高中又回校复读了。

张子涵不去读高中，猜想可能是认为考中专比上高中再考大学路径近些，那样可以让家中的负担小些吧。

张子涵有个哥哥曾上过高中，但是没考上大学，回家务农，结婚了。听同学说：就差一台缝纫机没买，他嫂子也不肯和他哥结婚，最后只好买了缝纫机。他家经济条件不富裕应是他放弃上一中的原因。

周子燕考进了一中重点班，她去一中读了几天也回校复读了，她家经济条件不错，她大概是不想读高中，只想考中专吧。

让子寒羡慕的是金桂英，因为她哥哥是一中的老师，帮她找了关系，她去一中读高中了。也有像袁翠莲那样成绩一般选择去上普通高中的。其他一些成绩较好的同学大都回校复读，包括：朱志香、李家睦、石福云、国玉小叔等。

那年，学校增加了教室和老师，初三也分为两个班。李家睦、

张子涵、石福云、周子燕等复读过一二年的同学分到了一个班，子寒和另外几个第一年复读的同学则分到了另一个班。

子寒班上还来了两个从别的学校转来的男生，一个白白净净、文质彬彬戴一副眼镜。另一个身体健壮、皮肤较黑，不戴眼镜。他俩同桌和子寒在同一排，子寒没有记住他们的名字，听同学说他俩也是学习很好的学生。

左峰在去读中专前不断来学校玩，不知什么时候他认识了子寒班上刚转学来的两个男生，一天中午上课前，左峰站在子寒所在的窗口边和那两个新来的男生谈了有十来分钟，预备铃响了，他还在与两个男生交谈，直到上课铃响了才离开去张子涵那个班了。

左峰和男生相处一向不错，只是他站在窗口，一改往日的严肃，笑呵呵的，倒是让子寒有些意外，大概是考上学了高兴的缘故吧。

子寒没有了去年的满满斗志，也没有了去年的沉重压力，心中多了几分平静、坦然。她会镇定地全力以赴迎接明年的考试。

无言的邂逅

　　子寒和张子涵在一个学校难免有相遇的时候。

　　一天中午放学了，子寒为了演算一道数学难题，回家晚了些。等她把题做完怀着惬意的心情回家时，校园中已比较安静，进出的人很少了。

　　当子寒骑着自行车快到校门口时，看见张子涵在前面正出校门，那身影依旧给子寒一种亲切、踏实感。

　　子寒以为张子涵不会看到身后的自己，便继续向前骑行。谁知张子涵在出了校门向左拐的时候向后一回头，看到了就在他身后不远的子寒，停下来。

　　这时子寒发现周围没有人。他在等我吗？子寒的心情突然有些紧张了。

　　一想起那次做饭去抱棉花柴男同学开玩笑的话，"你怎么不让张子涵来帮你抱柴火？"子寒觉得心跳在加速，同时还伴有因是残疾人而有的自惭形秽的感觉。

　　子寒镇定了一下紧张的心情，装作没看到张子涵，旁若无人地从校门的右边骑自行车出去了。

　　不知张子涵是来不及说什么，还是因为子寒的装看不见使他不知说什么，他眼看着子寒骑车过去了，什么也没说出来，一个人站在那里。

就在空气中充满尴尬的时候，从校园中跑出一个也走得晚的男生将气氛改变："子涵，站着干吗？走啊。"

张子涵和那个男生一起向西走去。

子寒向东骑了一会儿，听不到张子涵和男生的说话声了停下来，望一眼张子涵远去的背影，子寒觉得自己有些不近人情，对曾帮助过自己的人怎么能装看不见呢？因为自己是残疾人就连打招呼的勇气都没有吗？还是怕被人看到开不可能的玩笑？子寒有些自责。

在后来的几天，子寒没再遇上张子涵，那天的事渐渐淡忘了。

正当子寒孜孜不倦学习的时候，一天放学的时候她听到乡亲们说："今年的棉铃虫真难治，喷了（农）药有一些还活着，还得靠人去捉，真是麻烦！"

"不捉不行，不能眼看着棉花桃被虫子咬啊！"

村里的人都在人工捉虫，子寒在学校坐不住了，她不想自己家的棉花桃被虫咬，她向老师写了请假条，说家中有事，请几天假，很快就会回来。

有几个老师和子寒是同村的，他们对子寒家的情况也了解，老师没有阻拦子寒。

由于棉田离家较远，为了能尽快捉完虫早点回到学校，子寒早晨去地里时从家中带上馒头、咸菜和水，中午不回家休息，在地里吃点儿东西接着捉虫，一直到天黑才回家。等晚上回到家洗脸的时候子寒觉得满额头都有一些像细碎的盐粒一样的东西，那是出汗所留下的汗渍。

爷爷不知道子寒中午不回家吃饭在地里捉虫的事，知道了也许不会让子寒那么做的。母亲虽然知道做饭了，但是还不知过问子寒

227

中午为什么没回家吃饭。

子寒身体是劳累的，心却是快乐的。晚饭后子寒洗完衣服再看书，由于太困乏了，她看着看着书就睡着了。

给棉花捉完一遍虫，子寒刚回到学校两天又听人们说：谷子普遍都长虫子了，急需喷药，有的谷叶都被虫子吃花了。子寒在学校又坐不住了，母亲还不知去地里干活儿，子香和子夏刚上初中，要学新课不能耽误他们，去找别人帮忙不好意思，反正谷子种了还不到一亩，子寒打算自己去给谷子喷药。

子寒打算趁着中午地里没人就去给谷子喷药，免得让人看到自己背着喷雾器走路难看的样子。

看到子寒要去给谷子喷药，三妹子香说："姐，我去吧。"

子香身高已1.64米，比子寒还高4厘米。子寒不想耽误子香上学说："还是我去吧。"

不由分说子寒背上喷雾器走了，子香也骑自行车跟着去了。子寒对子香说："你回去吧，别耽误下午上课，我自己去就行。"

子香担心子寒去河边背水太吃力说："那我去河边给你背上水来，我就回去。"

"那行吧，你背上水来就马上回去。"

子香用喷雾器从河里背来一些水，子寒就让她回去上学了。

子香走后，子寒把水里加入农药开始喷药。背着盛有农药水的喷雾器在田地中行走，子寒感觉有些吃力，她紧咬牙关，每走一步对她来说都是考验。

谷子刚有一半多喷完农药，喷雾器里的水就没了，子寒不得不自己又去河边背来一些水，坚持把谷子全都喷上农药。

等子寒喷完农药的时候，田地里的人开始多起来。筋疲力尽的子寒回到家累得趴在炕上不想动了，下午没去上学。

那天子香因去河里背水，中午忘了生物老师让预习的事，课堂上老师提问她："细胞是由什么构成的？"她作为成绩好的学生却没有回答上来，被老师批评了。

喷完药第二天，子寒又回到学校上课了。一天中午放学后，子寒去离学校较近的辣椒地看了看，本想去看看辣椒长得怎么样，却发现辣椒地里的草和辣椒一样高。吃完午饭，稍加休息，子寒便去辣椒地里拔草了。

当时还没有除草剂，只能人工除草。看着包围着辣椒的杂草被一棵棵除去，子寒的心中也变得敞亮、舒服。辣椒也一定很开心吧：再也没有谁同它争养料、抢阳光。

子寒去得比较早，她拔了一阵子草，路上才有陆续上学的学生。子寒的手背上有细小的汗珠，拔草带起的土在手背上形成了泥巴，手指还被草的汁液染上了绿色。由于用手按在残腿的膝盖上方走路，残腿一边的裤子上也沾上不少土，子寒不知脸上有没有土，子寒真不想自己的样子被同学看到，她后悔自己为什么没有晚些去。还好同学们断断续续地过去了，没人注意到她。

正当子寒认为同学都过去了的时候，她听到在自家辣椒地边响起了自行车的车铃声，子寒不由循声望去，她看后不由又迅速回过头来，原来她看到了张子涵，他正一脚踏地坐在他自己的自行车上，手按响了车铃。

子寒心想：不理他，他一会儿就走了。

连续响着的车铃声真的停下了，子寒认为张子涵走了。可是却听到了自行车摔倒在地的声音。子寒急忙回头看去，却看到张子涵还没走，是他把子寒停在路边的自行车推倒了。

子寒很珍爱自己的自行车，视它如自己的腿一般。看到自行车被推倒在地，子寒生气地站起来，想发火。

想想张子涵以前没这样无理对待过自己，而且还帮助过自己。他平时为人谦和，难道今天是因自己不理他，他生气才推倒自行车的？他又不知道自己是那样珍爱自行车。

想到这些子寒又把火压下去。子寒又想到张子涵还要去上学，不管作为同学还是亲戚，子寒都不想得到他的帮助，影响他的学习，也怕别人再开玩笑。她看了张子涵一眼，依旧没说话又去拔草了。

不知张子涵觉得子寒是冷漠不可理喻，还是冷傲不可接近，他什么也没说走了，被推倒的自行车还躺在那里，他好像是生气走的吧。

子寒望一眼张子涵远去的背影，看看倒在地上的自行车，还是有些生气：男子汉有话就说，干吗推倒我心爱的自行车？难道他也羞涩不好意思说话吗？

子寒感觉脸火辣辣的，午后两点，田地在强烈阳光的照射下散发着热量，子寒感觉整个身体都在冒汗，她好想有一阵风吹过，那一定会很清凉。

田地一片安静，能清晰听到不远处传来的蝈蝈的鸣叫声，辣椒一棵棵静止不动。一丝风也没有，子寒用胳膊擦了擦前额的汗水，以防止汗水流进眼睛里，她也没有去把自行车扶起来，任由自行车倒在那里，蹲下接着拔草了，她想赶紧拔完草，好回学校去上课。

第二天子寒再次回到学校，她没再遇上张子涵。

子寒一回到学校，全部心思都用于学习上了。

左峰去上农校了，那时子寒有一个想法那就是将来上农业大学。她不是跟左峰学，而是她想学得一定的农业知识，为家乡的乡亲服务。乡亲们对她总是亲切热情。她热爱着从小长大的这片土地和家乡的人们。

子寒在棉田整天捉虫的时候就想如果将来能研制出一种棉花本身抗虫，人们就不用那么辛苦捉虫了。甚至想让棉花开出五颜六色的花朵，还想让谷子高产……子寒不知道她的想法能不能实现，自己是否能有那样的能力，可她知道为了实现梦想，一定要先好好读书学习。

学习对子寒来说是一件十分快乐的事，复读的那段时间，她只赶上了数学、历史的测验考试，子寒两门都得了满分。子寒自己也有些不相信：复读有那么大的作用？去年可是没得过满分，以这样的成绩看来明年考学有希望，自己的梦想将来也会成为现实。

子寒却没有想到，那两个满分就是她在学校的最后考试。

突如其来的消息

那年9月中旬，三妹子香仅上了一个多月的初中，便去德州上班了。

父亲通过姑父以及姑父认识的人，给三妹办好了城市户口，并且在国棉厂办了招工手续，三妹成了一名纺织工人。子香虽然不愿放弃上学，她知道家里经济紧张，还是去上班了。

子香上班后，父亲又把子寒、子秋、子夏的户口也都办成了城市户口，当时有城市户口还是很被人们羡慕的。办户口花了不少钱，听说是父亲借的。

户口办好后，二妹子秋辞去纺织工业学校实习工厂的工作，也到国棉厂上班成了一名正式的工人。

本来国庆节前也想让子寒去上班，姑父在一个算是中型企业的服装厂给子寒报了名。子寒会做棉衣，还会给子香做连衣裙，又考虑到她的身体状况才打算让她去服装厂上班的。

一方面母亲的病还没完全好，子寒走后只剩下子夏、子衡和母亲，父亲不放心；另一方面父亲希望任县税务局副局长的外祖父能给子寒找一份轻松的工作，就没催子寒去上班。准备秋收过后全家搬走。

在乡亲们的帮助下玉米掰回家来，谷子也已入仓，叔叔请人开回一辆货车拉走了一些家具，也接走了爷爷。家中的耕牛也卖掉了。母亲还是不肯走，她要等地里的棉花全部开尽。

母亲的病情愈加好转，开始知道去地里拾（摘）棉花了，子寒不放心母亲一个人去，白天放下学习和母亲一起去拾棉花，晚上趴在床上学习。

子寒有些舍不得放弃上学，不想去上班，她还有她的梦想，可她的梦想也不知将来能否实现，她不好意思说给家人听。父亲可能看出了子寒的心思，有一天他从德州回来了，去学校见了老师，老师说：子寒的学习成绩在学校的应届生中曾经是最好的，复读那段时间成绩也很好，考学应没问题，不过她的腿不好，将来体检不知能否通过？

父亲回家后把老师说的话告诉子寒，子寒的心中翻卷着波澜，难道真的要因为腿上不了学吗？（当时招生名额依然有限，的确体检很严格。）

正当子寒矛盾着是上学还是去上班的时候，她听到了一个意想不到的消息，使子寒决定去上班。那件事不是去上班的主要原因，却起了一定的作用。

子寒已经有段时间没去上学了，一直陪母亲去拾棉花。那是一个星期天，也是子寒的村子里赶集的日子，同桌淑莲来找子寒。史淑莲是姥姥村的，按辈分子寒还得叫她小姨。史淑莲想让子寒和她一块儿去赶集。

集市虽然在本村，可子寒已有好多年没去赶集了。子寒过年的衣服还是母亲比着玲玲买的。子寒不愿拒绝同学，也想去集市看看，便和史淑莲一块儿去赶集了。

在路上走着走着史淑莲突然停下，眼睛闪着神秘的光问子寒："你说，张子涵为什么这么早订婚？"

"你说什么？"张子涵订婚的事有些太突然了，子寒有些不相信自己的耳朵。

"你不知道吗？张子涵已经订婚了！"史淑莲反问子寒。

子寒摇摇头。

"你说他人长得不错，上学也好，为什么这么早订婚呢？"史淑莲看着子寒的眼睛问。

子寒也不知为什么听到张子涵订婚的消息后心像霜打了一样凉凉的，还有一种隐隐的痛。她装作若无其事地说："现在流行早订婚，怕以后找不到媳妇呗。"

史淑莲听了不再说话，两人继续向集市走去。

村中有不少人知道子寒家要搬走了，搬到城里去，当时他们都很羡慕子寒家，路上遇上认识的人客气地和子寒打招呼。也有人问子寒什么时候走，子寒说快了。

快走到集市上时，子寒累了，她让史淑莲自己去买东西，自己在集市外等她。子寒看到墙根下有一个石磙，就坐在上面等着史淑莲买东西回来。

当听史淑莲说张子涵订婚了时，子寒也想知道张子涵找了个什么样的媳妇，为了显示她对张子涵的订婚不在意，便没好意思问。令子寒奇怪的是当她一想到张子涵订婚了，心里就泛起一些难过、失落的情绪。

难道自己喜欢张子涵吗？想等自己将来有成绩了嫁给他吗？想到这里子寒的脸热热的。不，不是，子寒马上否定了那种想法，或许只是因名字的同音被男生开过玩笑而产生的错觉。

子寒不由想起在学校门口自己装作没看到张子涵骑车而过的情景，以及张子涵推倒自己自行车的事。这次子寒的心中酸甜的滋味都有了。

　　子寒正想着，史淑莲买东西回来了，子寒掩饰住内心的变化，装作若无其事的样子和她一起说笑着回家了。

决定去上班

　　人的心理世界很微妙，子寒心中有一个怪怪的想法：张子涵订婚了，自己想远离他，免得被人误以为自己还放不下他。产生那种想法的原因就是曾被男同学开过玩笑吧。事实两个人从未说过话，更没有过什么承诺。可那种怪怪的想法在子寒心中就是挥之不去，着魔了一般。

　　让子寒更想不到的是自己对考学居然也失去了信心：又想起第一次考学的失败，不知哪道题做错，稀里糊涂地落榜。

　　不是踌躇满志地想上农大吗？怎么突然失去信心了？

　　难道真的是想有一天能和那个人走到一起，而那个人没等自己却订婚了，自己受了打击吗？

　　傻瓜，就算自己将来能有成绩不也还是残疾人？更何况老师还说因为自己的腿也许考不上学。

　　子寒伤心、难过，害怕考学失败，不知道还该不该留下来上学。她心乱如麻，理不出头绪了。

　　最后，子寒索性决定离开家乡去上班。

　　因为家中的经济状况也不好，听说父亲为了早日把借的钱还上，中午舍不得在外面买饭吃，早上吃饱饭去出租自行车，一直到晚上回到家吃晚饭。子寒觉得自己对考学失去了信心，不如先去上班，等自己挣够了钱再去上学，而且这样既能缓解家庭经济，也能远离张子涵了。

母亲病愈

子寒决定去上班后便没再去学校。在家帮母亲处理没干完的事。

母亲的病彻底好了，与邻居们正常说笑，自己去卖棉花，表姐快结婚了，母亲还一个人把弹好的棉花送到德州大姑家去。

母亲那次病好后，一直到70多岁再也没犯过那种病，而且70岁依然腰板挺直，身材高挑。

母亲的病好了，整个家都变得晴朗了。

母亲那次得病对子寒来说犹如一场梦，可又不是梦，是真实的生活。

如果母亲不得病，子寒不知道那年自己会不会考上学？

或许没有母亲那场病全家也不会搬走吧。

让心释然

天气变得寒冷了，这天，子寒在剥最后一簸箕棉花桃，离全家搬走的日子越来越近了。

母亲去姥姥家回来了，告诉子寒："你雨歌姨（张子涵的母亲）不久前得了脑血栓，才多大岁数得这种病！……还好经过治疗，现在又能干活儿了。"

刚听到母亲说张子涵的母亲得了脑血栓，子寒的心紧张了一下，还以为张子涵的母亲怎么样了，听到后面松了口气，原来又能干活儿了。

子寒从来没向母亲说起过张子涵，就连同学们带她去考试的事也没说过。张子涵推倒自己自行车的事更没说过。开始母亲在病中，子寒不能说，后来母亲好些了，子寒觉得也没说的必要了。对父亲就更没说过。

可能还是想知道张子涵找了个怎样的媳妇吧，子寒小声问了母亲一句："张子涵订婚了，你听说了吗？"

母亲没有看子寒，她在剥白菜准备烙合子吃，听了子寒的问话，一边剥菜一边说："听说了，他媳妇就是你金栋舅家的兰香。听说是你兰香姐家相中了张子涵。张子涵不愿意那么早就订婚，双方家里人都愿意就订下了。你那个舅家也比较有钱，你兰香姐长得

239

也不错。"

子寒认真地听母亲说完。

真没想到母亲去了一趟姥姥家还听说了关于张子涵的事，看来他村里有不少人都知道他订婚的事，而且还有人议论，要不母亲怎么能听说呢？

子寒没见过母亲所说的兰香姐，子寒认识兰香的妹妹梅香。梅香是和张子涵一个年级的同学。梅香也曾复读，她的课桌就在子寒的前面不远处。子寒知道梅香的学习成绩不是很好，但长得白净漂亮，听同学说过她们姐妹都长得不错。梅香是知道张子涵的学习成绩的，或许她们家就是相中了张子涵的学习成绩以及他的为人吧。

张子涵不愿意早订婚？他也和自己一样想等有成绩了再说吗？他心里也有要等的人？是不是因自己的"冷漠"他才选择订婚的？子寒想到这里又马上告诉自己：瞎想什么，自己可是个残疾人。

子寒对张子涵订婚的事已能坦然接受了。两个人从没说过话，更没有什么承诺，他找媳妇很正常。子寒倒是觉得自己还欠张子涵一份他曾帮助过自己的人情；也为自己在学校门口不理他有点歉疚；想到他把自己的自行车推倒在地的事还是有点生气，事情已经过去了，子寒不想再想了。子寒现在满脑子想的是去上班挣钱，然后再去上学。

全家搬走

家里的事情都处理完了，母亲还是不肯走，她说要等四妹子夏放了寒假再走。母亲说的也不无道理，在德州还没给子夏找好学校，总不能耽误子夏上学吧。

一场大雪不期而至，田野的麦苗在温暖舒适的棉被下孕育着来年丰收的希望，树木也欢欣地穿上银装。

雪后天气变得更加寒冷。子寒担心父亲中午如果不吃饭，那么冷的天受得了吗？她真想快点儿去上班，为家庭尽一份自己的力量。

还不满五岁的子衡不怕寒冷，在雪地上欢快地跳跃，还不时用小手抓起积雪洒向空中。子寒怕子衡把鞋弄湿，把他叫进屋里来，给他讲故事，教他背诗，背儿歌。

整个夏天和秋天子衡都一个人跑着玩，夏天经常把自己弄得灰头土脸，不到半天就把衣服弄脏。秋天，白天还跟着锁大爷满地跑着去打野兔，累得晚上睡着后连动也不动就到天亮了。子衡很聪明，子寒教他的诗和儿歌他很快就背熟了。

转眼快元旦了，父亲给外祖父打了电话，催促子寒去服装厂上班。

父亲之所以打电话给外祖父，还是希望任县税务局副局长的外祖父能留下子寒，给子寒找份轻松的工作。外祖父没留子寒，打算把她送到服装厂去上班。

子寒从内心也不愿依靠外祖父，她想靠自己走出一片小天地。

对还未涉世的子寒来说一切是简单美好的。她认为自己上学能取得好成绩，靠勤劳、努力也一定能挣到钱。

那天早饭后，子寒正在洗衣服，外祖父和他的司机开着一辆白色面包车来了。外祖父一进门就让子寒收拾一下东西去德州上班。母亲也同意子寒走。

司机在外面等着，子寒匆匆拿了几件换洗的衣服，顺手装上一本袖珍的英语单词本坐上面包车走了。

车从学校门口路过，子寒不由透过车窗向校园里深情地望了一眼。车窗外有薄雾缭绕，学校很安静，应该是上课的时间，子寒一个人也没看到，车很快行驶过去。

那熟悉的上学路、熟悉的校园、熟悉的田野，还有那热情的乡亲、老师、同学，你们可知子寒对你们是多么的留恋不舍？现在她走了，你们依然在。

那辆白色的面包车很快驶离了子寒居住的村庄，消失在茫茫白雾中。

回首往事，想到老师、同学们对自己的信任、帮助，乡亲们对自己的亲切、尊重……子寒的心中有阵阵暖流涌动。

子寒走了，带走了满满的温暖的记忆。

子寒走后不久，母亲、子夏、子衡也都去了德州。1990 年的春节子寒一家人在德州度过。

故事未完，请看《子寒之二——不一样的婚礼》

子寒走后，她能挣到钱吗？能否再次上学？

她和张子涵再无瓜葛了吗？

两年后，当子寒想去外祖父所在县城进入学校再次参加考试时，才知道张子涵在她离开家乡的第二年也找自己的外祖父去那个县城上学了。

张子涵的出现，使子寒再次失去信心，选择放弃上学……一切真的都是命运的安排吗？

子寒把婚姻当成人生的一个过程出嫁了，因丈夫的谎言，还有了一场和别人不一样的婚礼。